中国古代文史经典读本

黄庭坚诗词文 选评

黄宝华　撰

上海古籍出版社

图书在版编目(CIP)数据

黄庭坚诗词文选评／黄宝华撰. —上海：上海古籍出版社，2018.6
（中国古代文史经典读本）
ISBN 978－7－5325－8833－6

Ⅰ.①黄… Ⅱ.①黄… Ⅲ.①黄庭坚(1045－1105)—宋词—诗词研究 Ⅳ.①I207.23

中国版本图书馆 CIP 数据核字(2018)第 095323 号

中国古代文史经典读本
黄庭坚诗词文选评
黄宝华 撰
上海古籍出版社出版发行
（上海瑞金二路 272 号 邮政编码 200020）
（1）网址：www.guji.com.cn
（2）E-mail：guji1@guji.com.cn
（3）易文网网址：www.ewen.co
常熟市新骅印刷有限公司印刷
开本 787×1092 1/32 印张 9.75 插页 2 字数 130,000
2018 年 6 月第 1 版 2018 年 6 月第 1 次印刷
印数：1—3,100
ISBN 978－7－5325－8833－6
Ⅰ·3275 定价：30.00 元
如有质量问题,请与承印公司联系

出 版 说 明

　　上海古籍出版社成立六十多年来形成了出版普及读物的优良传统。二十世纪,本社及其前身中华书局上海编辑所策划、历时三十余年陆续出版的《中国古典文学作品(选读)》与《中国古典文学基本知识》两套丛书各八十种,在当时曾影响深远。不少品种印数达数十万甚至逾百万。不仅今天五六十岁的古典文学研究者回忆起他们的初学历程,会深情地称之为"温馨的乳汁";而且更多的其他行业的人们在涵养气度上,也得其熏陶。然而,人文科学的知识在发展更新,而一个时代又有一个时代的符号系统与表达、接受习惯,因此二十一世纪初,我社又为读者奉献了一套"新世纪文史哲经典读本",是为先前两套丛书在新世纪的继承与更新。

　　"新世纪文史哲经典读本"凝结了普及读物出版多方面的经验：名家撰作、深入浅出、知识性与可读性并重固然是其基本特点；而文化传统与现代特色的结合，更是她新的关注点。吸纳学界半个世纪以来新的研究成果，从中获得适应新时代读者欣赏习惯的浅切化与社会化的表达；反俗为雅，于易读易懂之中透现出一种高雅的情韵，是其标格所在。

　　"新世纪文史哲经典读本"在结构形式上又集前述两套丛书之长，或将作者与作品(或原著介绍与(选篇)解析)乳水交融地结合为一体，或按现在的知识框架与阅读习惯进行章节分类，也有的循原书结构撷取相应内容并作诠解，从而使全局与局部相映相辉，高屋建瓴与积沙成塔相互统一。

　　"新世纪文史哲经典读本"更是前述两套丛书的拓展与简约。其范围涵盖文学经典、历史经典与哲学经典，希望用最省净的篇幅，抉示中华文化的本质精神。

　　该套丛书问世以来，已在读者中享有良好的口碑。为了延伸其影响，本社于 2011 年特在其中(选取)十五种,请相关作者作了修订或增补,重新排版装帧,名之为"中国古代文史经典读本",以飨读者。出版之后,广受读者的好评,并于2015年被评为"首届向全国推荐中华优秀传统文化普及图书"。受此鼓舞,本社续从其中(选取)若干种予以改版推出,并得到国家有关部门的支持,多种获得2016年普及类古籍整理图书专项资助。希望改版后的这套书能继续为广大读者喜欢,为弘扬中华优秀传统文化作出贡献。

上海古籍出版社

2017年6月

目　　录

125 /　　**二、元祐在京时期**（1085—1094）

199 /　　**三、贬谪黔戎至流寓江汉（1095—1103）**

导　　言

提起黄庭坚，对传统文化稍有涉猎的人都会知道，他是宋代江西诗派的开创者，又是宋代书法四大家"苏黄米蔡"之一。对于他的书法成就，持异议者少；而当论及其诗歌时，则毁誉不一，歧见迭出。建国后的相当一段时期内，黄庭坚及江西诗派竟成了所谓反现实主义或形式主义的代表。论者无例外地用"点铁成金"、"夺胎换骨"来概括其诗论与创作，它成了教科书中的经典表述，也是莘莘学子在考试中遵从的标准答案。面对这种代代相承的陈词滥调，真不知使人生出几多感慨！

笔者潜心研读山谷有年，认识到只要实事求是地全面考察其生平思想与创作业绩，就会发现上述论调其实是大谬不然的。

　　要理解黄庭坚其人、其诗,必须将他置于北宋历史文化的大背景下加以考察。他和他的流派的出现不是一个孤立的文化现象,而是历史演进的产物。因此,对其文学艺术成就不能作孤立的研究,必须由其哲学伦理思想切入。

　　宋代继承了晚唐五代的历史文化遗产。晚唐五代是人文精神相当衰颓的一个时期,在朝代的频繁更替中,士大夫鲜有气节可言。因此宋代建政以后面临着道德重建的时代课题。加之宋代以重文轻武为既定国策,广开仕途,形成了庞大的官僚体系,士大夫们因循苟安,无所作为,内忧外患更加重了积贫积弱的危机。这一切使得重振士风的呼声更加凸现出来。一批有识之士致力于振兴儒学,形成了尊韩(愈)弘儒的时代思潮。这股思潮在仁宗朝达于高峰,演化为"庆历新政",当时的士风确实获得了很大改观。但随着新政的失败,时代精神出现了某种变异,人们关注的目光愈益转向儒学中思孟一派的心性之学。士人的人格精神由经世济时的淑世情怀逐渐向独善其身一途倾斜,外向的人生抱负更多地内敛为一种道德人格操守。这种倾向在经历了新旧竞争的政治风云之后，进一步演化为时代的主流话语。士大夫们一方面关注道德人格的确立，以为安身立命、抗衡政治压迫的精神支柱，一方面愈益滋生出与世委蛇的处世态度及退隐自保的心理诉求。在此倾向的驱动下，佛、道的人生哲学自然就成为借鉴、吸纳的对象，其结果就是理学的生成。

　　黄庭坚的哲学伦理思想就是在这样的大背景下形成的。他一生对道德伦理问题给予了深切的关注，其作品也浸润着浓厚的道德伦理精神。而道德人格的确立，在他看来，关键在于心性修养，因而他反复教人"养心治性"、"正心诚意"，但这已非单纯的儒家心性论，而是融入了道家的"心斋"与佛家的"心源"诸说的混合体了。黄庭坚在服膺儒家忠信孝友之道的同时，又精研《周易》、老庄，且从师修禅，成为江西黄龙系的传人之一，故其思想能圆融三家，自成一体，落实到人生哲学层面，就表现为一种"内刚外和"的人格境界和处世之道。他在诗文中反复表述为"俗里光尘合，胸中泾渭分"

（《次韵答王慎中》）；"胸次九流清似镜，人间万事醉如泥"（《戏效禅月作远公咏》）。其实质是内心坚持儒家的道德伦理规范，而外表则随俗从众，与世浮沉。这一人生思想是他对三家的思想进行了改造和嫁接之后建构起来的。所谓"内刚"固然是依据儒家之道进行修养的结果，但其重心已转至"无欲则刚"，故能吸纳佛、道学说中种种去欲的思想资源。有意思的是，他将这一境界与佛、道之随缘任运、和光同尘结合起来，于是有了所谓"外和"的一面。原本基于佛、道之"寂灭"、"虚静"的本体论的人生哲学被置于儒家的道德伦理范畴的统摄之下。也就是说，人在道德律令的指挥下，同样可以对人生作出自由选择，在"有所不为"的前提下谐和、适应世俗。从表现形态上看，它与庄、禅的超越解脱有相似之处，但其内在本质又是有区别的。需要指出的是，这种致思途径在黄庭坚之前已经出现。像"内刚外和"就可追溯到《易传》的源头，在宋代又为欧阳修所推阐，循而至于苏轼、司马光等，皆有论说。黄庭坚则在此基础上建构了一套较完整的体系。这一人生思想在理学家的体系中得到了更周详的发挥。正是这些来自不同方面的合力，共同塑造了宋人普遍认同的人格范型。

　　黄庭坚力图将上述两个方面加以融通，但实际上难以达到契合无间。作为持节守操的"刚"，势必要为其价值理想的实现进取努力，与异端进行斗争，就必然与任运无争的"和"发生冲突。如果说秉持"有所不为"的消极态度尚能勉强将二者结合的话，那么越过这一步就将愈益显现出其间的深刻矛盾。事实上黄庭坚的哲学是对此岸世界的执着与对彼岸世界的向往的混合体。强烈的道德精神促使他要高扬儒家的价值观，而现实的压迫又导致他寻求超脱与自保：他的一生就在这两种境界之间游移。他的作品中固不乏超脱放旷的言论，但对道德情操的执着、傲视世俗的耿介，又时时突破其颓放玩世的态度顽强地表现出来。如他曾手书魏徵《砥柱》赠杨明叔，以气节相勉，"虽然，持砥柱之节以事人，上官之所不悦，下官之所不附，明叔亦安能病此而攻其节哉！"（《题魏郑公砥柱铭后》）表明在二者不可得兼时，他宁守节而弃从俗。从其一生的行迹来看，庭坚早年即秉性兀傲,睥睨世俗,入仕后更与现实政治格格不入,表现出与当权派不合作的倔强姿态,如"平生白眼人,今日折腰诺。可怜五斗米,夺我一溪乐"(《将归叶先寄明复季常》);"枯桐满腹生蛛网,忍向时人觅清赏","据席谈经只强颜,不守时论取讥弹"(《再答明略二首》)。其后经过生活的历练与贬谪的坎坷,其锋芒有所收敛,更倾向于放旷避世,但仍不改其清操傲骨,以致终不见容于世,贬死宜州。如晚年流寓荆州时有诗云:"阮籍刘伶智如海,人间有道作糟丘。酒中无诤真三昧,便觉嵇康输一筹。"(《谢答闻善二兄九绝句》)表示要追踪阮、刘,但最终还是像嵇康一样不愿屈己从人而获罪至死。

黄庭坚的人生思想及其内蕴的矛盾是我们打开其诗学世界的一把锁钥。

黄庭坚是在北宋诗文革新的历史背景下步入诗坛的。在欧阳修的倡导下,诗文革新首先是高扬儒家的文学价值观,发挥诗歌的政治教化功能;其次是开创新的诗风,变浮浅靡丽为质实古雅,内蕴气骨。黄庭坚正是继承苏舜钦、梅尧臣、欧阳修、苏轼的革新传统而从事其诗歌创作的。在文道关系上，他也主张文从于道："文章者，道之器也；言者，行之枝叶也。"（《次韵杨明叔四首》序）同时，他反对单纯追求语言奇巧华丽的倾向，如批评"比来翰墨场，烂漫多此色"（《寄晁元忠十首》）；主张"矢诗写予心，庄语不加绮"（《次韵定国闻苏子由卧病绩溪》）。因此对宋初以来的晚唐体与西昆体诗，黄庭坚也持同样的批判态度，意欲拨乱反正。但他的诗学观又非传统的简单翻版，而是更多地体现出自己的个性特色。对此我们可以概括为以下数端。

一、诗歌的价值观转向主要表现"不俗"的人格境界。

传统上儒家总是将诗歌视为政教的工具，道的内涵偏重于国事民生。但到了韩孟诗派那里，诗歌的主题开始更多地向人格倾斜。北宋诗文革新既以韩愈为宗，那么这一倾向就在欧、梅等人的创作中续有发展，至黄庭坚则明确加以揭举，成为其诗歌创作的主流，也是他开拓诗境的一个独特角度。

黄庭坚提出：诗,乃至一切艺事,不能落于俗格。《书嵇叔夜诗与侄榎》称:"叔夜此诗,豪壮清丽,无一点尘俗气。凡学作诗者,不可不成诵在心,想见其人。"他不仅以"不俗"衡诗,而且还用以评赞其他艺事。可以说,"不俗"是黄庭坚审美理想的最高境界,是其诗学的基石。而"不俗"又被归结为一种高尚的人格精神。上引论诗不俗后,接着就论人品之不俗:"视其平居无以异于俗人,临大节而不可夺,此不俗人也。士之处世,或出或处,或刚或柔,未易以一节尽其蕴,然率以是观之。"显然,这里所表述的人品,正是上文所揭举的"内刚外和"。

二、诗歌的功能从传统的美刺比兴、政教讽喻,转向了人格感化。

这种诗歌功能观与上述的诗歌价值观是直接相关的,它集中体现在《书王知载朐山杂咏后》一文中:

> 诗者,人之情性也,非强谏诤于庭,怨忿诟于道,怒邻骂坐之为也。其人忠信笃敬,抱道而居,与时乖逢,遇物悲喜,同床而不察,并世而不闻;情之

> 所不能堪，因发于呻吟调笑之声，胸次释然，而闻者
> 亦有所劝勉。

此文作于元符元年，可以视为山谷对诗的晚年定论。其立论本于传统的"情性说"，但所谓"情性"主要是指主体与社会客体发生矛盾冲突后产生的哀怨不平，它借助诗歌释放出来。由于主体恪守忠信道义的原则，故其诗非漫骂发泄，这样的诗可以起到移人性情的道德人格感化作用，正如此文后面所述："故世相后或千岁，地相去或万里，诵其诗而想见其人，所居所养，如旦暮与之俱，邻里与之游也。"它从接受的角度说明了诗可以超越时空而使读者受到诗人人格的感染，是对上文的"闻者亦有所劝勉"的具体阐释。

黄庭坚的创作实践了上述的诗学思想。黄诗的主题涵盖了四个主要方面：其抒情诗着力向心灵世界抉剔、透视，以刻画入微见长；人物诗多写怀才不遇、安贫乐道之士，有传神写照之妙；咏物诗题材广泛，托物寓意，发挥谐趣妙理；题画谈艺诗藉艺悟道，隐喻世相。要之，这四个方面都归结到表现"不俗"的精神境界这一

总的主题上。如果说他早年任地方官时期还写过反映民生疾苦、指斥时政弊端的作品，那么后来他的创作重心就逐渐转向了抒写人生感慨方面。外甥洪炎如此评价他的诗：

> 其发源以治心修性为宗本，放而至于远声利，薄轩冕，极其致，忧国爱民，忠义之气，蔼然见于笔墨之外。……若察察言如老杜《新安》、《石壕》、《潼关》、《花门》之什，白公《秦中吟》、《乐游园》、《紫阁村》诗，则几于骂矣，失诗之本旨也。(《豫章黄先生退听堂录序》)

洪氏所论确实切中山谷诗之肯綮，揭示了他变革传统的关键所在。黄氏诗学的这一特色是时代思潮的产物。儒学在宋代表现为从经学向理学的转化，"心"超越"礼"而日益成为道德修养关注的中心，最终指向理想人格的完成。人格追求已成为宋儒的基本价值取向，"有道者气象"成为津津乐道的话题，像周敦颐的"孔颜乐处"、张载的"民胞物与"，都体现出这一倾向。黄庭坚虽非理学中人,却与之有思想的契合处,譬如他从周敦颐的身上就感受到了"胸中洒落如光风霁月"(《濂溪诗序》)般的人格魅力。正是这股时代思潮促使黄氏将人格境界转化为诗的审美境界,完成了宋诗学的转型。黄庭坚关于诗歌表现人格精神的诗学观代表了宋诗学的本质要义,是宋诗在美学意义上区别于唐诗的根本所在,它导致了诗法的一系列突破与新变,开创了迥异于唐诗情韵的表意风格。从这个意义上说,黄庭坚及其开创的"江西诗派"堪称宋诗的代表。

三、诗歌风格论的两重境界形成了黄诗的多重景观。

如果我们深入探索黄庭坚的诗世界,就会发现一个耐人寻味的悖论,那就是,一方面黄诗以奇崛拗峭著称,另一方面他又反复教人作诗不能刻意求奇,当追求自然的诗境。如《答王观复书》在批评王诗"生硬不谐律吕"后,指出"好作奇语自是文章一病",推崇杜甫、韩愈后期的诗文"皆不烦绳削而自合",尤称杜甫夔州后诗"简易而大巧出焉,平淡如山高水深"。《大雅堂记》评杜诗

"妙处乃在无意于文,夫无意而意已至";他还赞同苏轼《书黄子思诗卷后》中的观点,推许"苏、李之天成,曹、刘之自得,陶、谢之超然"(《与王周彦书》)。上述观点与其刻意为诗、好奇尚硬的作风显然是相悖的。前人对此已有关注,但感到困惑和难以索解。

黄氏论艺每标举两种境界,它能为我们提供理解这一矛盾的切入点。《题意可诗后》揭举两种创作境界:"宁律不谐,不使句弱;用字不工,不使语俗:此庾开府之所长也。然有意于为诗也。至于渊明,则所谓不烦绳削而自合者。"前者刻意用工,务使反俗标奇,拗硬不群;后者不假雕琢,自然呈露,天真平淡。二者又与特定的精神境界相联系:"乐易陶彭泽,忧思庾义城。"(《和答李子真读陶庾诗》)意即感慨忧愤每发为奇崛拗硬之作,而冲融闲远则呈现自然平淡的风格。尽管这两种境界高下有间,但又都统一于"不俗"的总体境界,如其论王羲之书法为"能品","似左氏";王献之则为"神品","似庄周",而二者"脱然都无风尘气"(《跋法帖》)。

这样的两种风格实与其人生哲学的两个方面相关

联,故二者虽判然有别,却对立互补地统一于其诗歌中。一方面其诗抒写"与时乖逢,遇物悲喜"之情,呈现出愤世嫉俗的反流俗倾向,另一方面又借佛道之理化解、超越与现实的矛盾冲突,故又趋于静退,以求"胸次释然"。黄庭坚对奇崛与自然都表赞同,既取法杜、韩,又向慕陶诗,故其诗既有批判现实的锋芒,散发出兀傲不平之气,又以理制情,将激情化解为冷峻的思辨与参悟。有时这两个方面就并存于同一首诗中,往往先抒其牢骚不平,终归于超旷退隐。缘于此,他在抒愤寄慨时就不像韩愈那样偏执激切,而在表旷达之态时又未能如陶诗那般冲淡闲远。由于他在人格中更倾向于持节之"刚",因而其诗风主要显现为奇崛之硬。

上述两重境界的风格论给黄庭坚的诗歌创作带来了多样化的风貌特征,以下提出三个方面来加以探讨。

（一）标举"以俗为雅",形成奇与俗的结合,呈现为朴拙本色之奇。

上引《题意可诗后》在揭举两种诗境后指出:"若以法眼观,无俗不真;若以世眼观,无真不俗。渊明之诗,要当与一丘一壑者共之耳。"这里提出了一个真与俗的关系问题。真与俗原本是佛学中的两个范畴,即所谓真谛与俗谛。真谛是关于佛性的真理,俗谛则指世间常识及现象世界。大乘佛学认为二谛既对立又互为依存,且只有通过"俗"的"方便"才能达于"真"的"涅槃",故修行无需离尘出世,当于俗中求真,于世间成佛。在历史的进程中,这一思想渐与本土的传统相融合。儒家原本就执着于现实人生,主张将道德修养贯串于日常生活中;道家则倡入世而超然的"陆沉"、"市隐"之类的人生态度;禅宗更融庄、禅为一体,将明心见性化于日常的劳作行止之间。理学,按冯友兰之说,则再下一转语,将事父事君也包容进去,达到"即世间而出世间",这就是中国哲学"超世间的"实质,它"是不离乎人伦日用的"(《新原道》)。

明乎此,我们才可以进一步探讨黄庭坚的风格论。他将佛学意义上的真俗转化成了诗学的、审美的范畴,故此"真"有时又名之曰"雅"。既然通过俗事常物可以体道悟真,那么诗之雅也可藉俗表而出之。他在《再次韵杨明叔序》中提出："试举一纲而张万目,盖以俗为雅,以故为新。""以俗为雅"最早由梅尧臣提出,中经苏轼的推阐,至黄庭坚乃提高到了作诗纲领的高度。论者往往只是从俚词俗语的运用上去理解这一口号,其实它已拓展为一种诗歌美学境界,即发掘世俗生活和庸常事物中的审美意趣,通过对俗事常物的描绘表达高情雅趣。与此相联系的才是语言风格的俗化。由雅又派生出奇的审美范畴,奇乃是反流俗的品行所外化而成的诗歌风格。黄庭坚在上文提出"以俗为雅"后,总结道:"此诗人之奇也。"表明他所求之奇,是以俗的形式表达出的独具个性之奇。

　　黄诗的主导风格被界定为奇,迄无异议,而且公认为其奇乃来自韩愈,再就是杜甫,似乎很难与陶渊明有所关涉。但黄庭坚偏偏又将陶诗推为至境。细究黄诗的风格,可以发现,陶诗不只是他的企慕之境,而是实实在在影响到了他的创作风格,这就是其俗,黄诗之奇因此而显出不尽同于韩愈的特色。韩诗之奇表现为铺张扬厉的手法,冷僻奥博的词藻,狠重雄肆的气势,而黄诗之奇虽也有取法韩愈处,但却偏于朴拙,融入了陶诗的因子。正如渊明之诗"无俗不真",黄庭坚也像陶渊明那样通过发掘世俗生活的诗意和美感来达到雅和奇。黄诗无论是抒情写景、咏物谈艺、刻画人物,其主题意象多来自日常生活,却又随机生发,迁想妙得,使寻常事物也透出奇情异趣。与此相应,黄诗的语言也有俗中见奇的特色,它不像韩愈那样以诡异炫目的感官效果取胜,而多从寻常俗语锻炼而成。如黄庭坚每在典雅的文言中参以若干方言俗语,打破文言固有的熟滥之调,求得修辞的生新峭拔。这种修辞手段无疑受到禅宗语言的影响。

要之,黄诗之奇是内蕴于朴拙形式下的奇思妙趣。质朴正是黄与陶的契合点,缘于此,以后的江西诗派也奉陶为诗派之祖。但它并不等同于平易、浅近,它在平淡中包孕了骨力,其实质就是超旷的人生态度中内含的秉持节操的道德人格。欧阳修称梅尧臣诗为"古淡"、"古硬",更能得此境之神髓,淡朴其表,劲健其质,它经黄庭坚的阐扬而为宋人所普遍认同,遂成为宋诗的代表性风格，与唐诗的风神华采划然成为中国古典诗歌的两大美学范型。

（二）有法与无法兼融，由刻意用法而归趣无法。

在黄庭坚标举的两种诗境中，"有意于为诗"是用法的境界，"不烦绳削而自合"是超于用法的自由化境。陶渊明诗是一种浑然无迹的"神品"，而杜甫诗用法的痕迹就较为明显，所以他在《赠高子勉》诗中说："拾遗句中有眼，彭泽意在无弦。"这与他论陶、庾诗之不同境界是同一旨趣，类似于《庄子》"庖丁解牛"中的"技"与"道"之分。

黄庭坚十分重视创作的法度，并以此教人。他强调多读书，目的之一就是学习前人法度。他尤重诗之"句律"、"句法"，这类提法在其诗中频频可见。句法之学乃源于杜甫。但用法仅是第一步，进而要追求超于法的境界，它是主体获得精神超脱后所达到的任情抒写的自由天地。他将这一至高之境归属于陶渊明：

　　谢康乐、庾义城之于诗，炉锤之功不遗力也。
　　然陶彭泽之墙数仞，谢、庾未能窥者，何哉？盖二子

有意于俗人赞毁其工拙,渊直寄焉耳。(《论诗》)

陶之高于谢、庾,是因为他已超越了世俗的毁誉,纯粹在诗中寄托情怀,无需考虑其工拙。《题意可诗后》评陶引孔子称宁武子语"其愚不可及也",此"愚"就是一种大智若愚的解脱自在之境,是主体解除系缚,恢复本然之性与直觉状态后进入的自由创造的天地。简言之,技巧同风格一样,最终还是归结到创作者的精神、人格。

黄庭坚从其耿介兀傲的精神出发,偏重于有意为诗之境,其奇崛拗峭的风格即由此而来。他从立意构思到遣词造句、声律安排,都力图破旧出新,从而探索出一套诗歌技法,给人以刻意用法的强烈印象,其中的一个重要方面即所谓的"以故为新",为人熟知的"点铁成金"(《与洪甥驹父》)与"夺胎换骨"(惠洪《冷斋夜话》引)论就是其具体化。它们曾被讥为"剽窃之黠",事实上它是用新警的立意为"灵丹"对典故成语的重新熔裁,乃至涵盖了从立意布局到句法词语等一系列推陈出新的技法,是形成其生新奇峭诗风的重要途径。此外,黄庭坚对律诗的改造也是其诗法创新的重要一翼。他破弃律诗固有的声调格律，拓展了杜甫拗律的体制。他早年的诗作即已流露出求奇尚硬的倾向，入仕后续有发展，表现其与现实政治的冲突及清高孤介的人格。元祐时期，愤世之情相对减少，诗风之奇主要表现为唱和诗中的争奇斗胜，博辩纵恣。但在奇崛的主流风格之外，黄诗中确有一部分平淡自然的作品，有陶、韦（应物）之风，泯去用法之迹，一如天籁流行，尤其在贬谪之后，锋芒愈益内敛，达于炉火纯青之境，诚如刘熙载《艺概》所云：“西江名家好处，在锻炼而归于自然。”

（三）清新妍丽使黄诗呈现多彩的风貌。

黄庭坚的诗学祈尚中还包含清新的一面，在对传统的抉择中尤能显示这一特色。他推许的六朝诗人有鲍照、阴铿、谢朓、庾信，唐代诗人中则赞赏李白、刘禹锡、柳宗元等。这些诗人的风格中均具有清新之质，而黄庭坚的这一美学趣尚很大程度上渊源于杜甫。杜甫对六朝诗的传统颇为珍视，如称“熟知二谢将能事，颇学阴何苦用心”（《解闷》之七），而阴、何（逊）的主要特色在清，故曰“阴何尚清省”（《秋日夔府咏怀奉寄郑监李宾

客一百韵》）。李白诗中也有清气流溢,故杜甫称"李侯
有佳句,往往似阴铿"(《与李十二白同寻范十隐居》),
拟之为"清新庾开府,俊逸鲍参军"(《春日忆李白》)。

综上所论,可以见出黄庭坚颇为重视汉魏六朝以来
的诗歌传统,而此传统的主要特征乃是"缘情绮靡"。
这表明黄庭坚在探求新变、重意尚骨的同时,并不废弃
对情韵辞采等诗美的追求。这一趣尚落实于他的创作
中,就使其诗风呈现出多彩的面貌。首先表现为那些清
新流利中具峭拔劲健之骨的作品,主要是一些七律,论
者每以"清新瘦硬"指陈之。黄氏的一些传世佳作就属
这类作品,它们每以山水景物构成清新的意境,如"桃
李春风一杯酒,江湖夜雨十年灯"(《寄黄几复》),"黄
流不解涴明月,碧树为我生凉秋"(《汴岸置酒赠黄十
七》),"山随宴坐画图出,水作夜窗风雨来"(《题胡逸
老致虚庵》),"落木千山天远大,澄江一道月分明"
(《登快阁》)。这些意境澄明爽远的诗句给人以洗净尘
滓之感。这类"景联"和诗中表情达意的"意联"相配
合,映照出超迈洒脱而又风骨高标的人品,表现为清新

俊爽兼具劲挺峭拔的风格。还有一部分诗则富有色泽才情，多为咏花草及写人情风俗之作，其潇洒俊逸有杜牧、许浑之风；更有一些诗凄艳迷离，近于李商隐。当然黄诗的冶艳常以拗曲出之，华美中有峭健，甚至拙朴，仍不脱其本来面目。拈出黄诗风格的这一面，可以纠正其诗不涉绮艳、一味拗硬的片面之见。清人陈丰有云："或谓山谷诗一以生硬为主，何所见之褊也！公诗祖陶宗杜，体无不备，而早年亦从事于玉谿生，故集中所登，慷慨沉雄者固多，而流丽芊绵者亦复不少。……公诗虽时作硬语，而老朴中自饶丰致。唐太宗曰：'我观魏徵更觉妩媚。'味斯旨也，可与读公诗矣。"（缉香堂本《山谷全集》附录《辨疑四则》）陈氏所论确是具眼之见，有助于我们全面把握山谷的诗风。

　　以上我们从黄庭坚的人生思想到诗学理念作了一个概括的论述，从中可以看出，从其人品到诗品，都各有两个既对立有别、又互补兼容的层面。其诗学境界又与其人格祈向相关联，其一表现为刻意为诗，追求风格之奇拗；其二乃向往无意为诗的自然高妙。黄诗虽以前者为主导倾向,但后者也影响并融化到他的诗风中,形成了黄诗风格复杂而多彩的景观。黄庭坚的追随者却主要发扬了前一种诗学祈尚,着力于用事点化,标榜"无一字无来处",追求奇僻拗硬,甚至流为枯涩板滞,也就是所谓的"江西格"。这种创作倾向造成了相当大的影响,以致后世将它视为黄庭坚诗学遗产的唯一表征。南渡后的诗人及诗论家们在反思并纠偏时,都努力发掘并阐扬了黄氏关于自然高妙的诗学观,由此提出"活法"论,并倡导回归唐诗,进而上溯汉魏六朝。笔者编撰本书也是意在通过选评其部分作品,让读者能客观、全面地了解黄庭坚其人其作,修正通行的观点所造成的一个失实的黄庭坚的形象,正确地接受这一份珍贵的历史遗产。

一、从游学到游宦（1045—1085）

黄庭坚，字鲁直，自号山谷道人，晚号涪翁，宋洪州分宁（今江西修水）人。分宁地处赣西北的山区，北面是横亘于鄂赣边界的幕阜山，修水从分宁流贯而过，东注入鄱阳湖。这里山林钟郁，澄江萦带。仁宗庆历五年（1045），黄庭坚就出生于修水上游的分宁县双井村。

分宁黄氏的祖籍为婺州金华（今属浙江）。五代时黄赡被南唐委任知分宁县，后来就落籍于此，繁衍出黄氏在分宁的这一支系。黄赡以下的第四代黄庶，即黄庭坚之父。

黄庶字亚夫，庆历二年（1042）登进士第，曾历佐州郡幕府，一生仕宦不显。至和二年（1055）摄知康州，因操劳成疾而卒于任所，年仅四十一岁。黄庶为人守正不阿，持议不挠，这种品格在黄庭坚身上有所传承。他还工诗，著有《伐檀集》，宗尚杜甫、韩愈，清雅中时露奇崛，这些特色也为庭坚所发扬。后人编《山谷全集》都将《伐檀集》附于后，以明其渊源所自。

庭坚为黄庶次子，聪颖早慧，父亲去世后，他跟随舅父李常（公择）游学于淮南。李氏是建昌（今江西永修）望族。李公择少时读书庐山，聚书白石庵僧舍，颇著文名。庭坚因家境贫困，多依附于外家。李公择是对庭坚的成长有着重大影响的人物之一，对他的养育教诲之恩，庭坚终生铭感，在诗文中多次述及。在淮南，他受到了孙觉（莘老）的赏识，成为他的女婿。

嘉祐八年（1063），英宗继位，庭坚以洪州解头（乡试第一名）赴京应试，但落了榜。治平四年（1067）神宗即位，终登进士第，始授汝州叶县尉。

庭坚早年在家乡徜徉林泉，培育了醉心自然的隐逸之趣，甚至任性豪放，有冒险之举，如诗中所云："夜行南山看射虎，失脚坠入崖底黑。"（《新寨饯南归客》）同时他又表现出对世俗价值观的鄙弃，形成了孤高傲世的性格。如作于熙宁元年（1068）的七律《清明》：

> 佳节清明桃李笑，野田荒垅只生愁。雷惊天地龙蛇蛰，雨足郊原草木柔。人乞祭余骄妾妇，士甘焚死不公侯。贤愚千载知谁是，满眼蓬蒿共一丘。

由清明节的祭祖扫墓，联想到《孟子》中那位乞讨祭品却回家向妻妾吹嘘与富人宴饮的齐人，以及清明前夕因弃绝爵禄而自甘焚死的介之推，在对古人的取舍中表现其清操介节及愤世之慨，但结尾却将贤愚是非归于虚无，流露出庄禅化的思想倾向。由此看出他很早就确立了人生哲学中持节与超旷相交融的基调。

从熙宁元年九月到四年终，黄庭坚在叶县度过了三年多的时间。县尉虽只是一个管理治安的属吏，但他对国事民生却表现出了深切的关怀与忧念。如《虎号南山》就抨击苛政之猛于虎，《流民叹》描述了地震的灾难，规劝统治者早作绸缪。熙宁二年孙氏夫人不幸病逝，年仅二十岁，他写下了《悼往》、《哀逝》等作品寄托哀思。

熙宁五年正月,黄庭坚通过学官考试,除北京国子监教授。教授一职虽更能用其所长,但他的抑郁苦闷却有增无减。他自称"冷官",虽身怀"屠龙"之技,却无用武之地。联系当时变法派掌权的政治局面,就可知他的这种愤世疾俗其实是表达了对现实政治的弃绝。他在作品中嘲讽那些乘机攀缘名位的新进之士,指斥为"游侠子"、"轻薄儿",矛头甚至指向首脑人物。作为学官,他对当时主宰学界的王氏新学产生了强烈的抵触情绪,感叹"六经成市道,驵侩以为师。吾学淡如水,载行欲安之"(《以同心之言其臭如兰为韵寄李子先》),经学堕落为市侩手中的商品,真学问无人问津,真不知何所适从了。

黄庭坚在北京首尾凡七年,在三年任期届满时,镇守北京的文彦博因赏识其才华而举荐他再任,因而到元丰三年(1080)才入京改官。孙氏去世后,他续娶谢景初(师厚)之女,谢师厚遂成为影响庭坚生活与文学的另一重要人物。惜乎谢氏夫人于元丰二年殁于北京,终年仅二十六岁。

苏轼与庭坚的订交也是在这一时期。早在熙宁五年，苏轼任杭州通判时就已读到了庭坚的诗作，非常欣赏他的才华，在后来给庭坚的信中称其为"必轻外物而自重者，今之君子，莫能用也"，敏锐地指出了他兀傲离俗、难为世用的秉性特点，真是一语中的。庭坚获悉苏轼对他的称誉后，就在元丰元年致书苏轼，表达敬钦感激，同时还寄去了《古诗二首上苏子瞻》，苏轼有报章及和诗。从此北宋文坛的这两位巨子建立起了真挚的友谊，终生不渝。庭坚对东坡以师友待之，不仅多有唱和，而且写下大量评论苏轼的文字，对他推崇备至。庭坚之甥洪炎为他编辑文集，诗歌只收元祐以后之作，却以这两首《古风》冠首，"以见鲁直受知于苏公，有所自也"（洪炎《豫章黄先生退听堂录序》），可见苏轼在庭坚一生中所占的重要地位。

元丰三年春庭坚入京，到吏部改官，除知吉州太和县（今江西泰和），元丰四年到任。从县尉、学官到一县之长，从地位上说是一种升迁，也有了施展才能的实权，但他并不因此而得意，刚一到任就写了《到官归志浩然二绝句》，表达了退隐之志，并称："敛手还他能者作，从来刀笔不如人。"透露出他的归志实出于和当政者的格格不入，具体而言就是对新法的不满。身为朝廷命官，他要奉行国家的既定政策；但面对执法中的种种弊端与百姓的苦难，他的良心又受到了强烈的煎熬。在太和任上，他一直处在这种两难的困境中。他的痛苦矛盾在强行推销官盐的过程中最集中地表现了出来。

北宋的官盐榷卖实际是一种变相的税收制度，官府强制人民定额认购官盐，甚至不买官盐也得纳钱。这些盐质次价高，但官府实行计口配售，成为盘剥人民的一项陋政。元丰三年改革江西盐政，抑配的官盐数又大幅提高，民不堪命，地方官抑配的任务也层层加码。

江西盐政的灾难性实质，在他的一组下乡赋盐的纪行诗中，得到了深刻反映。元丰五年三、四月间，为配售官盐他深入到山区穷乡，写下了十二首纪行诗，诗中描绘了乡民生活的种种惨状。乡民为逃避抑配甚至躲入了深山老林，买不起盐，只能淡食，诗人借乡民之口发出了"但愿官清不爱钱，长养儿孙听驱使"（《上大蒙笼》）的呼声，抨击了官府的聚敛，劝告统治者给百姓留条生路，不要杀鸡取卵。这些诗中还剖示了诗人在履行职责与抚循百姓间产生的矛盾痛苦的心情，面对家徒四壁的乡民发出了"按省其家赀，可忍鞭扶之"（《丙辰仍宿清泉寺》）的浩叹。他在另一首长诗中也写到此事："苦辞王赋迟，户户无积藏。民病我亦病，呻吟达五更。"（《己未过太湖僧寺，得宗汝为书，寄山蓣白酒，长韵寄答》）它写出了百姓的循良和一个怀有仁政理想的官员在官府与百姓的矛盾中，无以自处的尴尬处境。

庭坚的仁政爱民思想在其他诗中也有表露。如《寄李次翁》称赞对方"不以民为梯，俯仰无所怍"，其实也是庭坚的自勉。《答永新宗令寄石耳》则委婉地规劝对方不要因为偏爱石耳这种食品而驱使百姓去冒险采摘，要以汉代的龚遂为榜样，劝民务农；自己则追慕东汉闵仲叔，不愿以口腹之欲给百姓增添麻烦。这些作品忠实地反映现实，披露其博大的人道主义胸怀，比之老杜也毫不逊色。在太和期间，他曾摘取蜀王孟昶《戒石

铭》中的四句："尔俸尔禄,民膏民脂。下民易虐,上天
难欺。"书以勒石自警。此铭正是其人格的写照。

这一时期,黄庭坚虽与现实政治凿枘不合,愤世之
情流于言表,但对志同道合的亲友则是倾心相交。这些
人物或沉沦下僚,或贫贱自守,而庭坚却为他们的品格
才华所折服,引为知己同调,与他们交游唱酬,如廖明
略、孔毅父、周元翁、陈吉老等都是他的知交。他跟他们
的唱和之作非泛泛应酬之什,而是真情流溢,尤其是那
些古体诗,慷慨使气,磊落顿挫,在抒写肝胆相照之情的
同时,每每生动刻画出对方的卓荦不凡的性格才情和坎
壈不偶的人生际遇,构成了一个多彩的人物画廊。这类
诗拓展了中国古典诗歌中人物诗的领域,如《赠赵言》、
《戏赠彦深》、《次韵答张沙河》、《次韵和答孔毅甫》等,
在中国文学史上闪耀出永久的异彩。

友情之外,庭坚还在山水佛禅中寻求精神寄托。江
西乃禅宗法席鼎盛之地,吉安东南的青原山有六祖慧能
的法嗣行思所建静居寺,开禅宗青原一系。庭坚来游,
浸润于佛理禅趣之中。他的足迹还遍及吉州及邻州的

其他山水寺院,留下了众多题咏。

元丰六年十二月,黄庭坚移监德州德平镇(今属山东),在德州与通判赵挺之有了交往。挺之为李清照丈夫赵明诚之父。庭坚在诗中对他不乏称颂,但两人之间也日渐暴露出政见的分歧。赵挺之卖力推行市易法,庭坚认为镇小民贫,不堪诛求。后来赵挺之罗织罪名,使庭坚贬死宜州,其前因可追溯至此。

徐孺子祠堂[①]

乔木幽人三亩宅[②],生刍一束向谁论[③]?
藤萝得意干云日,箫鼓何心进酒樽[④]?白屋可能无孺子[⑤]?黄堂不是欠陈蕃[⑥]。古人冷淡今人笑,湖水年年到旧痕[⑦]。

① 徐孺子:东汉高士徐稚,字孺子,豫章郡南昌人。祠堂在南昌,据其故居修成。

② 幽人:隐士。三亩宅:指徐稚故居。

③ 生刍：新割的青草。《后汉书·徐穉传》载徐穉往吊郭泰母丧，"置生刍一束于庐前而去"，取《诗·小雅·白驹》"生刍一束，其人如玉"之意。

④ "藤萝"二句：上句喻新进官僚夤缘攀附，下句写祠堂冷落，祭祀萧条。

⑤ 白屋：平民的住屋。可能：岂能。

⑥ 黄堂：太守之堂，此指州治。陈蕃：东汉人，为豫章郡太守时，"不接宾客，唯（徐）穉来特设一榻，去则县（悬）之"（《后汉书·徐穉传》）。

⑦ 湖水：指南昌城外的东湖，即今青山湖，徐穉祠堂在湖南边的小洲上。

　　诗作于熙宁元年（1068），时山谷年仅二十四岁，将赴任汝州叶县尉。诗人谒徐穉祠堂，感慨世风之浇薄，遂发为此诗。"乔木"之参天，"生刍"之素朴，无疑象喻着古人的高风亮节，但今人却一心攀缘干进，早就将这样的人格风范弃之不顾了。尽管如此，清操拔俗之士在民间也并非绝迹，为官者中也不乏惜才之人。诗人在感世伤时之时，毕竟看到了这个浊世中的一抹亮色，总算给人以一丝希望，语气间也隐然有自喻之意。尾联归结为古今对比，"冷淡"与"笑"，可作多义理解，或解为今人讥笑古人之自甘淡泊，可备一说；湖水依旧，以兴作结，传达出高风长存之意，"言外之妙，不可执着"（方东树《昭昧詹言》卷二十）。姚范指出此诗一变"裁对工巧"的"西昆纤丽之体"，"以自吐胸臆，兀傲纵横"为特色（高步瀛《唐宋诗举要》卷六引），诚为的论。试观其中二联，交替使用陈述与反诘句式，于寻常对偶外别开生面，拗崛其体，其盘郁顿挫之势，非俪青对白者所可比拟。山谷于早年即已致力于律诗之创格，此为一例。

虎号南山

虎号南山，北风雨雪①。百夫莫为，②其下流血。相彼暴政，几何不虎③？父子相戒，是将食汝。伊彼大吏，易我鳏寡④；矜彼小吏⑤，取桎梏以舞⑥。念者先民⑦，求民之瘼⑧；今其病之⑨，言置于壑⑩。出民于水，惟夏伯禹⑪。今俾我民,是垫平土⑫。岂弟君子,伊我父母⑬。
不念赤子⑭,今我何怙⑮! 呜呼旻天⑯,如此罪
何苦!

① "北风"句:《诗·邶风·北风》:"北风其凉,雨雪其雱。"
"北风其喈,雨雪其霏。"《诗序》曰:"《北风》,刺虐也。"本
诗即用此意。

② 百夫:众人。

③ "相彼"二句:用《礼记·檀弓》所载"苛政猛于虎"事。
相,视。

④ 易:轻视,简慢。

⑤ 矧:何况。

⑥ 桎梏:刑具,此代指刑法。舞桎梏谓肆意滥用刑法。

⑦ 先民:古代贤人。

⑧ 瘼:疾病。民瘼,民间疾苦。

⑨ 病之:难以做到。病,为难。

⑩ "言置"句:指人民流离失所,抛尸山谷。置,捐弃。

⑪ 夏伯禹:即夏禹。伯,古代统治一方之长。

⑫ "今俾"二句:犹言让老百姓陷于水深火热之中。俾,使。

垫，淹没，沉陷。

⑬ "岂弟"二句：指官吏为民之父母。《诗·大雅·泂酌》："岂弟君子，民之父母。"岂弟，同恺(kǎi)悌，和乐平易。君子，此指官吏。伊，是。

⑭ 赤子：婴儿，引申为子民百姓。

⑮ 怙(hù)：依靠。《诗·小雅·蓼莪》："无父何怙？无母何恃？"

⑯ 旻(mín)天：原指秋天，此泛指天。

　　此诗写于熙宁元年赴叶县尉任之前。诗人将当朝统治者对人民的盘剥掠夺直斥为猛虎食人，笔锋犀利，胆识过人，其为民请命的赤诚，千载之下读来犹令人动容。正因其批判之力，故山谷在编集时有意将之删去，以免触犯时忌。而我们今天却可从中窥见诗人深厚的人道主义情怀。诗采用《诗经》式的四言体，显然意在直承风雅比兴的传统，以诗陈情，补察时政。诗中藉古今对比，凸现时政之弊，尤显触目惊心；诗在呼号中收束，颇具震撼人心的力度。

次韵裴仲谋同年①

交盖春风汝水边②,客床相对卧僧毡。舞阳去叶才百里,贱子与公皆少年③。白发齐生如有种,青山好去坐无钱④。烟沙篁竹江南岸,输与鸬鹚取次眠⑤。

① 裴仲谋:名纶,时为舞阳尉。同年:对同榜登科者的称谓。

② 交盖:指一见如故。取"白头如新,倾盖如故"之意。盖,车篷。

③ 贱子:作者自谦之称。

④ "青山"句:《世说新语·排调》:"支道林因人就深公买印山,深公答曰:'未闻巢由买山而隐。'"坐:因为。

⑤ 输与:让给。取次:随便或草草。白居易《偶眠》:"老爱寻思事,慵多取次眠。"

裴仲谋与山谷用登治平四年进士第,裴官颍昌舞阳(今属河南)尉,与山谷所官之叶县相去不远。此诗作于熙宁二年，在抒写友情中表露出厌弃官场、向往归隐的情志。首联以倾盖相逢、对床夜语表现友情之深笃，颔联则承此而生发，两地毗邻，且双方又皆年少，美好的情谊正来日方长，欣慰之意可感。而颈联却转为失意之叹，由年少之喜一变而为白发齐生、归隐难得之慨，其间的转跌表现出巨大的心理落差。此二联屏去律诗情景相配、俪青对白的传统套路，纯用议论，且以相去甚远之事物及散文句法构成对仗。此种拗崛顿挫与诗意之转跌相配合，正映照出诗人之胸次垒块。尾联进一步申述这一遗憾，但在景色的点染中又含有深情的向往，它与首联包含的景物意象共同营造了诗的清新格调，调剂了中二联的枯拗瘦硬。清新而兼奇峭每每是山谷诗的胜场，而这种诗格在其青年时期即已形成。

流　民　叹

朔方频年无好雨[①]，五种不入虚春秋[②]。
迩来后土中夜震[③]，有似巨鳌复戴三山游[④]。

倾墙摧栋压老弱,冤声未定随洪流。地文划劙
水犓沸⑤,十户八九生鱼头。稍闻澶渊渡河日
数万⑥,河北不知虚几州。累累襁负襄叶间⑦,
问舍无所耕无牛。初来犹自得旷土,嗟尔后至
将何怙?刺史守令真分忧,明诏哀痛如父母。
庙堂已用伊吕徒⑧,何时眼前见安堵⑨?疏远
之谋未易陈,市上三言或成虎⑩。祸灾流行固
无时,尧汤水旱人不知。桓侯之疾初无证,扁
鹊入秦始治病⑪。投胶盈掬俟河清⑫,一箪岂
能续民命⑬?虽然犹愿及此春,略讲周公十二
政⑭。风生群口方出奇⑮,老生常谈幸听之。

① 朔方:泛指北方。

② 五种:五种谷物,即黍、稷、菽、麦、稻。此泛指粮食作物。

③ 迩来:近来。后土:指大地。

④ "有似"句:形容地震时地动山摇之状。古代神话谓渤海之
　　东有五山,随波上下往还,天帝使巨鳌十五举首戴之,五山
　　始峙而不动。后其中二山流于北极,沉于大海,所余三山

为方壶、瀛洲、蓬莱，见《列子·汤问》。此三山即《史记·封禅书》所载"三神山"，方壶作方丈。戴，顶起。游，游移、飘忽。

⑤ 地文：地上裂纹。划劙（lí）：割裂。鬶（bì）沸：泉水涌出貌。

⑥ 澶（chán）渊：原为古湖泊名，后指澶州，治顿丘（今河南濮阳）。河，指黄河。

⑦ 累累：接连不断之状。襁负：指用襁褓背负小孩。襄叶间：襄城、叶县一带，二地均属汝州。

⑧ 庙堂：指朝廷。伊吕：伊尹与吕尚。伊尹名挚，佐汤伐桀；吕尚，即姜子牙，辅周文王、武王。

⑨ 安堵：安居之室。

⑩ "市上"句：用《战国策·魏策》"三人言而成虎"事。

⑪ "桓侯"二句：桓侯，蔡桓公；扁鹊，名医。《韩非子·喻老》载扁鹊欲为蔡桓公治病，桓公以为无病而拒之，如是者三，最后其病已至骨髓，无药可救，待桓公索扁鹊治病，他已逃到秦国，桓公遂死。此以治病喻治国。证：征兆。

⑫ "投胶"句：以一捧胶投于黄河，不能使之变清。《抱朴子》外篇卷一《嘉遁》："寸胶不能治黄河之浊。"

⑬ 一箪：极言食少。箪，盛饭的竹器。

⑭ 周公十二政：《周礼·地官·大司徒》载"荒政十有二"，指救济灾荒的十二项措施。相传周礼皆为周公姬旦所制，故云。

⑮ "风生"句：指大臣们提出的各种救灾的策略。

　　本诗是中国文学史上为数不多的描写地震灾害的佳作，写于熙宁二年。史载熙宁元年秋冬，河朔及京师连续地震，震后洪水泛滥，灾民纷纷渡过黄河，南行避难。诗的前半部分写地震之酷烈，灾民之流离失所，历历如绘，触目惊心，堪称实录。"刺史"二句由地方官吏的救灾写到当今皇上的下诏，由此开出后半关于赈灾救民的一番议论，言语间流露出对执政者的讥讽，他们放言高论，各出奇招，却于事无补，故诗人发出了"何时"之叹，感叹中寄寓了希望。诗人自慨职微言轻，所言甚至会获罪招祸，但他还是提出了未雨绸缪的治国之见，指出一时的赈济不能救民于水火，诚为一篇忠言谠论。全诗叙议结合，论从事出，其间镕铸诸多典故，典重厚实，婉而多讽，格调庄重。

过平舆怀李子先时在并州①

前日幽人佐吏曹②，我行堤草认青袍③。心随汝水春波动，兴与并门夜月高。世上岂无千里马？人中难得九方皋④。酒船鱼网归来是，花落故溪深一篙。

① 平舆：隶蔡州，今属河南。并州：治阳曲（今山西太原）。
② 佐吏曹：担任低级属官。
③ "我行"句：在途中见堤上青草，不由怀念起友人。青袍，低级官吏之服色，此指代李子先。
④ "世上"二句：九方皋，古之善相马者，见《列子·说符》。此又兼用韩愈《杂说》："世有伯乐，然后有千里马。千里马常有，而伯乐不常有。"

熙宁四年（1071）作。诗的主题并不新鲜，只是一般的怀友寄慨,却写得奇峭别致,不同凡响。"我行"句反用典故,写触景生情,见堤草而认作青袍,怀友之意表现得真切而别具一格。颔联有意打破七言句的固定格式,首字一顿,接以三字的意群,音节立显峭崛。上句抒写思友之情怀,下句拟想对方的兴致,以春水之波荡、夜月之高悬拟双方之情兴,且以"随"、"与"写出其高涨的动势,抒情手法可谓别开生面。颈联则妙用典故,形成对仗的巧构,用韩愈《杂说》之意,却以九方皋代伯乐,一方面固是出于遣词格律之需,但也暗寓了无人识得人才内美的意蕴,因伯乐称九方皋相马"所观天机也,得其精而忘其粗,在其内而忘其外"(《列子·说符》)。故钱钟书先生称此联"尤与韩旨相同,而善使事属对"(《管锥编》二论《楚辞补注·九章》),山谷对此联也颇自负,谓"此可为律诗之法"(史容《山谷外集诗注》引《潜夫诗话》)。这一联既是为友人的怀才不遇发出的愤世之叹,也是对自身的沉沦下僚作出的不平之鸣,同声相应中见出其友情的相契。诗的最后展现故乡的风物之美,劝以"归来",未始不是诗人的内心向往。诗中的情意与景物相交融,奇峭之中不乏清新之致。

戏咏江南土风

　　十月江南未得霜,高林残水下寒塘。饭香猎户分熊白[①],酒熟渔家擘蟹黄[②]。橘摘金苞随驿使[③],禾舂玉粒送官仓[④]。踏歌夜结田神社[⑤],游女多随陌上郎。

① 熊白:熊背上的白脂,为珍肴美味。

② 擘(bò):剖开,分开。

③ 金苞:指金橘。随驿使:指向朝廷进贡。驿使,驿站传送文书等物的使者。欧阳修《归田录》卷二:"金橘产于江西,以远难致,都人初不识,明道、景祐初,始与竹子俱至京师。……香清味美,置之樽俎间,光彩灼烁,如金弹丸,诚珍果也。都人初亦不甚贵,其后因温成皇后尤好食之,由是价重京师。"

④ 玉粒:指稻米。

⑤ 踏歌:众人牵手并以足踏地为节奏而歌的风俗。田神社:
　　古时农村为祭土地神而举行的一种活动。

　　熙宁四年作于叶县。山谷时任汝州叶县尉,这是他
进士及第后担任的第一个官职。作为生长于江南明山
秀水间的诗人,首次在中原地区为官,肯定对故乡有挥
之不去的留恋,本诗就是这样一首怀乡之作。诗人对故
乡的深情是通过展现其特有的风土人情表达出来的,不
同的画面连缀成一幅风俗画卷。此诗音节浏亮,色彩明
丽,与其淡朴拗拙的标志性风格显然有别。如中二联以
"熊白"与"蟹黄"、"金苞"与"玉粒"构成色彩对比鲜明
的意象组合,颇有民间绘画的效果。颔联以"二一五"的
意群节奏与颈联的正格成错落之势,避免了单调板滞。
尾联的踏歌寻欢场面更以其动感活力透出楚人的生命情
调,使人遐想联翩。诗中所展现出的江南风物,那自由的
渔猎生活、丰饶的农耕收获、浪漫的民情风俗,都散发出
浓郁的楚文化气息,这是质朴的中原文化所没有的色彩,
难怪诗人要重温这些画面,寄托他浓重的乡思。

答龙门潘秀才见寄①

男儿四十未全老，便入林泉真自豪。明月清风非俗物②，轻裘肥马谢儿曹③。山中是处有黄菊④，洛下谁家无白醪⑤。想得秋来常日醉，伊川清浅石楼高⑥。

① 龙门：即伊阙，在洛阳南，伊水由此北流，东西有龙门山与香山对峙，如门阙然，故云。潘秀才：未详。

② "明月"句：谓明月清风非凡夫俗子所能欣赏。《南史·谢谔传》："入吾室者，但有清风；对吾饮者，唯当明月。"欧阳修《会老堂致语》："清风明月两闲人。"

③ 轻裘肥马：指富贵生活，语出《论语·雍也》。谢：辞，不受。

④ 是处：到处。

⑤ "洛下"句：谓洛阳盛产美酒。《洛阳伽蓝记》卷四："河东人刘白堕善能酿酒。……游侠语曰：'不畏张弓拔刀，唯畏白堕春醪。'"白醪，既切刘白堕，又为一种糯米酒名，见《齐

民要术》卷七。

⑥ 伊川：即伊水。石楼：龙门香山寺中的一处建筑，为诗人
登临吟咏之地。武则天常会群臣于此，有过著名的"赋诗
夺锦"的故事。

　　熙宁四年叶县作。这首七律以气概豪迈见长，藉对
龙门潘秀才的称颂，表达对超凡脱俗的人生境界的向
往。潘秀才于壮年时即优游林泉，自有拔出流俗的气
度。首联起笔就气势不凡，笼罩全篇。中二联述其隐逸
生涯，也是豪气流贯，从对"轻裘肥马"与"明月清风"的
弃取中见出其高雅迈俗，赏菊饮醪又颇具陶渊明的风度
神韵。尾联宕开一笔，推想其秋日醉酒，徜徉于伊川、石
楼之间，以景物渲染其胸襟情趣，韵致悠远。方东树评
此诗："起兀傲，一气涌出。三四顿挫。五六略衍。收
出场。然余嫌多成空套，山谷最有此病，不足为法。"所
论中肯。这样的章法安排此后渐成山谷七律的一种格
套，也是事实。

过方城寻七叔祖旧题①

壮气南山若可排②,今为野马与尘埃③。清谈落笔一万字,白眼举觞三百杯。周鼎不酬康瓠价④,豫章元是栋梁材⑤。眷然挥涕方城路,冠盖当年向此来⑥。

① 方城:宋时属唐州,今河南方城县。七叔祖:黄注,字梦升,终南阳主簿,欧阳修为作墓志铭。旧题:旧时题诗的遗迹。

② "壮气"句:形容黄注意气非凡。诸葛亮《梁甫吟》:"力能排南山。"

③ "今为"句:言黄注去世,已化作尘土。野马,语出《庄子·逍遥游》,指田野上浮动的水气与游尘,远望若奔马,故云。黄注以宝元二年卒于南阳。

④ 周鼎:周朝传国之九鼎,后喻贵重宝物。康瓠:空壶,一说破罐。酬价:即酬值。贾谊《吊屈原赋》:"斡弃周鼎兮宝康瓠。"

⑤ 豫章：大木，樟类乔木。

⑥ 冠盖：士大夫的服饰与车乘，此借指黄注。

    元丰元年（1078）春天，山谷从北京至邓州（今属河南），途经方城，写下了这首追思其七叔祖的七律。据欧阳修《黄梦升墓志铭》，黄注一生坎坷不遇，虽才高志远，意气风发，却长期屈居卑位，加上性格刚直，落落寡合，终于抑郁而终，年仅四十二岁。山谷此诗将黄注的生平际遇及性格才情作了生动概括。开头一联即以一个大的转跌凸显出他的气概才情与悲剧命运间的巨大落差，大开大合中包孕了无限的沉痛惋惜。中间二联承此衍展，"清谈"、"白眼"一联发挥其"壮气"一面，其文思敏捷、才力纵横、睥睨世俗、豪气干云的形象活现于前；"周鼎"、"豫章"一联感叹其怀才不遇，埋没尘埃，由上句反面的痛惜转而为下句正面的肯定，逆挽拗折中透出如椽的笔力，伤悼之意，愈旋愈深。斯人已矣，终化为"眷然挥涕"的不尽追思之情。

和师厚接花①

妙手从心得，接花如有神。根株穰下土②，颜色洛阳春③。雍也本犁子④，仲由元鄙人⑤。升堂与入室⑥，只在一挥斤⑦。

① 师厚：谢师厚，名景初，山谷岳父。

② 穰下：指穰县，邓州治所，今河南邓州市。

③ 洛阳春：指洛阳名花牡丹。

④ 雍也：指孔子学生冉雍，字仲弓。《论语·雍也》："子曰：'雍也可使南面。'"犁子：犁牛（耕牛）之子。冉雍的父亲为"贱人"（《史记·仲尼弟子列传》），故孔子以"犁牛之子"拟冉雍（《论语·雍也》）。

⑤ 仲由：孔子弟子，字子路。元：原。鄙人：粗野之人。

⑥ "升堂"句：《论语·先进》："子曰：'由（指子路）也升堂矣，未入于室也。'"升堂、入室均谓境界、层次之提升。

⑦ 挥斤：挥动斧头。

诗作于元丰元年,时谢师厚闲居于邓州。诗由花木的嫁接入手,先赞叹其神妙。《庄子·天道》形容轮扁斲轮"得之于手而应于心",这里的接花也有类似的鬼斧神工,使原本生长于邓州的凡木化成了名贵的洛阳牡丹。诗人由接花而感悟到人才的培养,孔门弟子中的粗鄙之人能够登堂入室,也全得力于导师的点拨指引,犹如嫁接的"一挥斤"。此诗妙在由琐事而悟人生哲理,类似禅悟的机锋,方回称"山谷最善用事,以孔门变化雍、由譬接花,而缴以庄子挥斤语,此'江西'奇处"(《瀛奎律髓》卷二十七),但也有批评此诗"腐陋"、"穿凿"的。

古诗二首上苏子瞻(选一)

江梅有佳实①,托根桃李场,桃李终不言②,朝露借恩光③。孤芳忌皎洁,冰雪空自香,古来和鼎实,此物升庙廊④。岁月坐成晚,烟雨青已黄⑤,得升桃李盘,以远初见尝。终然不可口,掷置官道旁,但使本根在,弃捐果何伤!

① 江梅:野生的梅树。

② "桃李"句:桃李以喻群小,他们嫉妒江梅,不肯为他说话。

③ "朝露"句:朝露以喻君王的恩宠。以江梅之受阳光雨露的滋润喻苏轼受皇帝的赏识。

④ "古来"二句:梅可用作调味品,故能进于朝廷,为君王享用。比喻才士能辅佐君王治国。《尚书·说命》:"若作和羹,尔惟盐梅。"后则以调和鼎鼐作宰相治国之代称。庙廊:朝廷。

⑤ "烟雨"句:言梅子在夏初的烟雨中由青转黄。

元丰元年,山谷任北京大名府教授时,给当时知徐州的苏轼寄赠了这两首古诗,并附有一信,信中盛赞东坡之学问人品,表达了师事之意,东坡后有和诗及报章,这是两位诗人文字交往之始。

在这首诗中,诗人通过咏梅赞誉了东坡的人品,对其遭遇深表关切与理解,诚为知交之言。江梅乃花果中佳品，如今却只能杂处于桃李场中，赖有皇帝的赏识方不致埋没无闻；但由于它的孤芳清高，徒自有冰雪之姿和芬馨幽香。是为第一段。诗人复以梅可调和鼎鼐喻东坡具廊庙之材，但岁月蹉跎，梅子转黄，至多与桃李同进，为君王所尝。中间这一段实概括了东坡自进士及第后的仕宦经历，"远"字既切江梅之出于山野，又寓东坡来自边远的蜀地。末段为东坡之被摈斥在外，历任地方官而抱屈不平，并以持节守本慰勉东坡，在高昂的气格中收束全篇。诗用比体，藉咏物以抒情，诗意的盘屈抑扬表现出情感的跌宕沉郁。

此诗诚如东坡所称许的"托物引类，真得古人之风"（《答黄鲁直书》）。含咏其词，良有古乐府之遗韵，故清人吴乔评曰："山谷古诗，若尽如上子瞻二篇，将以汉人待之，其他只是唐人之残山剩水耳。"（《围炉诗话》卷五）其化用古诗之意境成语，巧妙贴切而又浑化无迹。如首联用《古诗》："冉冉孤生竹，结根太山阿。""桃李"一联既采汉谚字面（《史记·李将军列传》引），又兼用《饮马长城窟行》"入门各自媚，谁肯相为言"，翻出新意。"孤芳"句用颜延年《祭屈原文》及韩愈《孟生诗》意，"冰雪"句则从南朝陈苏子卿《梅花落》中"只言花是雪，不悟有香来"翻出。其点化镕裁之功，令人叹服。

次韵盖郎中率郭郎中休官二首①（选一）

世态已更千变尽，心源不受一尘侵②。青春白日无公事③，紫燕黄鹂俱好音。付与儿孙知伏腊④，听教鱼鸟逐飞沉⑤。黄公垆下曾知味⑥，定是逃禅入少林⑦。

① 盖、郭二人皆为山谷同僚。郎中：寄禄官名。

② 心源：佛教以心为万法（物）之源。神秀《观心论》："心者万法之根本也。一切诸法，唯心所生。"

③ 青春：春天。

④ 伏腊：夏天的伏日与冬天的腊日，秦汉时均为节日，合称伏腊。

⑤ "听教"句：让生灵各适其性，亦以表无为逍遥。《后汉

书·李膺传》载荀爽致李膺书:"愿怡神无事,偃息衡门,任其飞沉,与时抑扬。"

⑥ 黄公垆:黄公卖酒处。垆,酒店中置酒瓮之土台。《世说新语·伤逝》载王戎感叹曾与嵇康、阮籍共饮于此垆,嵇、阮亡后,"视此虽近,邈若山河"。

⑦ 逃禅:逃避世俗而入禅修行。少林:寺名,在少室山,禅宗祖庭。

元丰二年作于北京国子监教授任上。原诗二首,此是第二首。熙、丰年间正是新法大举推行之时,山谷藉盖、郭二郎中休官之机作诗抒怀,表达对现实政治疏离、旁观之态,以放旷逍遥自任,骨子里是对执政者的傲视与不合作。面对千变万化的时势,诗人宣称自己保持了一个洁净无染的心灵。教授是一个职闲权微的"冷官",故尽可享受春日的闲暇,陶醉于鸟语花香之中。尘世俗事,一切都可弃置不问,让儿孙们去追逐节庆之乐,任鱼鸟在天地间随分飞沉,各适其性。结处回应"休官"的题意,回想以往共饮同醉的日子,不禁感慨系之,如今休官归去,定是遁入禅门而去了。无论居官还是休官,主客双方在疏离现实这一点上达到了契合。前人评此诗"清和秀健,淡然以远"(范大士《历代诗发》)。首联发为理语,但中二联以景语达理,显出两间无非生意,一派禅机,诗语流利婉转,尤其第二联当句自成对偶,属对工切,尾联结以"逃禅",则与上之理语相应。景理相生,使得诗有达道之言而无枯瘠之弊。

再次韵呈明略并寄无咎①

夏云凉生土囊口②,周鼎汤盘见科斗③。清风古气满眼前,乃是户曹报章还④。只今书生无此语,已在贞元元和间⑤。一夫鄂鄂独无望,千夫唯唯皆论赏⑥。野人泣血漫相明,和氏之璧无连城⑦。参军挂笏看云气,此中安知枯与荣⑧。我梦浮天波万里,扁舟去作鸱夷子⑨。两士风流对酒樽,四无人声鸟声喜。梦回扰扰

仍世间,心如伤弓怯虚弹⑩。不堪市井逐乾
没⑪,且顾朋旧相追攀。寄声小掾笃行李⑫,落
日东面空云山。

① 明略:廖明略,名正一,安州(今湖北安陆)人。无咎:晁无
咎,名补之,济州巨野(今属山东)人。二人同登元丰二年
进士第,廖除华州司户参军,晁为澶州司户参军。

② 土囊口:洞穴之口。宋玉《风赋》:"夫风生于地……盛怒
于土囊之口。"

③ 周鼎汤盘:皆珍贵文物。汤,指商汤,《礼记·大学》有"汤
之盘铭"。科斗:即蝌蚪文,一种古文字。

④ 户曹:户曹参军,指廖明略。报章:答诗。

⑤ "已在"句:贞元、元和,分别为唐德宗与唐宪宗年号,此时
正是韩愈倡为古文、古诗的时期。此句谓廖之作品有
古风。

⑥ "一夫"二句:赞廖明略正直敢言。鄂鄂,在言貌;唯唯,顺
从貌。《史记·赵世家》:"诸大夫朝,徒闻唯唯,不闻周舍
之鄂鄂。"

⑦ "野人"二句:用和氏璧事,野人即指和氏,参见《韩非子·

和氏》及《史记·蔺相如列传》。此谓一片报国忠忱无人理
解，终遭冷遇。漫，徒劳。相明，使君王相信。

⑧ "参军"二句：用东晋王徽之事。《世说新语·简傲》载王
作桓冲参军，"直高视，以手板拄颊云：'西山朝来，致有爽
气。'"此以王拟廖。枯与荣，原指草木盛衰，此借喻命运之
否泰、仕宦之升沉。

⑨ "扁舟"句：用范蠡于灭吴后泛舟湖海事，见《史记·越王
勾践世家》，范蠡退隐后"变姓名，自谓'鸱夷子皮'"。

⑩ "心如"句：《战国策·楚策四》载"雁从东方来，更羸以虚
发而下之"，魏王问其故，对曰："故疮未息，而惊心未至也，
闻弦音，引而高飞，故疮陨也。"

⑪ 乾没：投机取巧，侥幸取利。

⑫ 小掾：属官，此指晁廖二人。笃行李：常派使者，勤寄书
信。笃，厚，引申为勤；行李，使者。

　　元丰二年山谷与廖明略唱和之诗前后共有七首，这
是第五首。诗中首先称颂对方来诗有"清风古气"，喻
之为夏云凉风、周鼎汤盘，可以追步唐代贞元、元和间的
作手。在那时，称其人、其作为"古"是一个很高的评

价,古意味着雅,因而诗称当今书生已不可能造此境界。中间一段赞对方耿介独立,正直敢言,以众人之唯唯诺诺而论赏反衬其怀才不遇、命途多舛,"野人泣血"、"璧无连城",语极沉痛。但"参军"以下却转为一种超旷之境,"拄笏看云",不辨荣枯,潇洒玄远之态可见,"我梦"二句表达诗人与他的默契,"两士"又关合晁无咎。一边是诗人的浮游江湖之梦,一边是两士的樽酒相对之乐,似已将现世的烦恼尽数扫去,不料诗人又从梦境复归世间,心存恐惧竟至如惊弓之鸟。但是诗人最终还是以真挚的友情来化解其疑惧,在叮咛中寄托了他的希望。山谷这类七古以慷慨沉雄、磊落顿挫为其特色,本诗在转折跌宕中将惺惺相惜的友情发挥得淋漓尽致,从中可以窥见李、杜、韩七古的影子。

汴岸置酒赠黄十七①

吾宗端居丛百忧②,长歌劝之肯出游。黄流不解浣明月③,碧树为我生凉秋。初平群羊置莫问④，叔度千顷醉即休⑤。谁倚柂楼吹玉笛⑥，斗杓寒挂屋山头⑦。

① 汴岸：汴河之岸。黄十七：黄介，字几复。

② 吾宗：此指黄几复。端居：平居，平常日子。

③ 涴（wò）：污染。

④ 初平群羊：葛洪《神仙传》载皇（亦作黄）初平年十五，为家牧羊，由一道士携至金华山，历四十余年，成为神仙。后其兄找到他，问羊何在，初平乃喝令满山白石化为数万头羊。

⑤ 叔度千顷：东汉黄宪字叔度，深受士林推重，郭泰称："叔度汪汪若千顷陂，澄之不清，淆之不浊，不可量也。"（《后汉书·黄宪传》）

⑥ 柂楼：掌舵处的船楼。柂即舵。

⑦ 斗杓（biāo）：斗柄，北斗七星中的三星像柄，故云。

此诗为山谷元丰三年离京赴太和县任时告别友人之作。诗人与黄几复同乡同宗而相知甚深，诗称几复"丛百忧"，实为诗人自我心情的写照。颔联转为饯别时汴水岸边的景色，黄流中明月依然皎洁，碧树间透出阵阵秋凉，一种超脱尘俗势利的冰清玉洁般的人格映现于此意境中，诗人借此道出的是他们共同的志趣怀抱。颈联以关涉黄姓的两个典故表达人生志向，同时也是对友人的规劝，谓神仙之事渺茫，不如一醉方休，让胸次豁然。楼船笛声、斗转星移，无限惜别劝勉之意，都融入了这秋夜景色中，令人含味不尽。

就格律而言，此诗被称为"吴体"，即一种拗体律诗。如"碧树为我"连用四仄声，"生凉秋"三字全平，谓之"三平调"，"初平群羊"又是四平声相连，迥异于寻常格律。"黄流"一联以拗崛的音节展现兀傲超俗的人格，意象与格律相契，难怪诗人颇以此联自负。据《王直方诗话》所载，山谷曾问其甥洪龟父最爱其何诗，龟父所举诗句中即有此联，"以为绝类工部"，山谷曰"得之矣"。诗的结构以情与景交互迭出，跳宕转折，错落有致，诗中的景物意象营造出澄鲜幽峭的意境，与其人格之超迈拔俗相得益彰，诚为山谷诗中的佳构。

池口风雨留三日①

孤城三日风吹雨，小市人家只菜蔬。水远山长双属玉②，身闲心苦一春锄③。翁从旁舍来收网，我适临渊不羡鱼④。俛仰之间已陈迹⑤，暮窗归了读残书。

① 池口：镇名，属池州治所贵池县（今属安徽），在县西长江边。

② 属玉：水鸟名，似鸭而大，长颈赤目，紫绀色。

③ 春锄：白鹭，俗称鹭鸶，色白，高脚长颈，善捕鱼。

④ "翁从"二句：翁，指渔翁。《淮南子·说林训》："临河而羡鱼，不如归家织网。"这句古谚又作："临渊羡鱼，不如退而结网。"（《汉书·董仲舒传》）

⑤ "俛仰"句：用王羲之《兰亭集序》"向之所欣，俯仰之间，已为陈迹"，言世事变化之速。俛仰，即俯仰。

元丰三年山谷赴太和县任途中，因风雨滞留池口而作此诗,通过旅途中的见闻杂感表现其不慕荣利,以读书自娱的人生态度,悠闲旷达中透出苦闷不平。前半于写景中抒情,借白鹭道出其身闲心苦。后半在记叙中述意,由网及鱼,反用成语,表达了不求仕进、自甘淡泊的心境。尾联乃达道之言,见出其超脱名利的胸襟。此诗采用随感录式的写法,触物兴怀,涉笔成趣,写景淡雅有致,抒情则力翻成案,清新中自寓奇奥。在格律上,将古诗的气脉运于律诗,颔联对偶工切,而颈联则又运以散行句式,如流水贯注。尾联以虚词转折,古雅朴茂。全诗清新雅健,格高调逸,确如方东树所评:"别有风味,一洗腥腴。"(《昭昧詹言》)

宿旧彭泽怀陶令①

潜鱼愿深渺②,渊明无由逃③。彭泽当此时,沉冥一世豪④。司马寒如灰,礼乐卯金刀⑤。岁晚以字行,更始号元亮⑥。凄其望诸葛,肮脏犹汉相⑦。时无益州牧,指挥用诸将⑧。平生本朝心，岁月阅江浪。空余诗语工，落笔九天上。向来非无人，此友独可尚⑨。属予刚制酒⑩，无用酹杯盎。欲招千载魂，斯文或宜当⑪。

① 彭泽：县名，旧治在今江西湖口县东，隋以后治今彭泽县。陶令：指陶渊明，他在晋义熙元年八月为彭泽令，十一月弃官返里。山谷于元丰三年赴吉州太和县任，此诗经途所作，其所留宿当为彭泽县之旧治，故冠以"旧"字。

② "潜鱼"句：《庄子·庚桑楚》："故鸟兽不厌高，鱼鳖不厌深。夫全其形生之人，藏其身也，不厌深眇而已矣。"此喻陶渊明有退隐避世之志。

③ "渊明"句：《诗·小雅·正月》："鱼在于沼，亦非克乐。潜虽伏矣，亦孔之炤。"郑玄《笺》云："池，鱼之所乐，而非能乐；其潜伏于渊，又不足以逃，甚炤炤易见。"意谓鱼虽潜伏于池渊仍清晰可见，喻陶虽退隐而不能逃脱黑暗的现实。

④ 沉冥：沉晦幽冥，指隐居。

⑤ "司马"二句：谓司马氏之晋朝已衰微，晋末政权已归刘裕。

礼乐:此借指政权。《论语·季氏》:"孔子曰:'天下有道,则礼乐征伐自天子出;天下无道,则礼乐征伐自诸侯出。'"卯金刀,合为"刘"字。

⑥ "岁晚"二句:陶于晚年以字(渊明)行,刘宋代晋,则改字元亮。更始:重新开始,此指晋宋易代。

⑦ "凄其"二句:谓陶渊明向往诸葛亮之节操功业。凄其,凄怆。肮脏,高亢刚直。犹汉相,谓诸葛亮在乱世仍忠于汉朝,担任了蜀汉的丞相。

⑧ "时无"二句:当时没有像刘备那样的雄才英主,能指挥诸将,匡复晋朝。益州牧,建安十九年刘备进据蜀中,刘璋降,刘备领益州牧。

⑨ "此友"句:此友,指陶渊明。尚,通上,上与古人为友称尚友。

⑩ 属:正当,适逢。刚:坚决。制:戒绝。

⑪ "欲招"二句:谓此诗可用来招渊明之魂。

此诗由追思陶渊明而展开,从一个新的视角对陶渊明作出了异乎前人的评价,对后世影响甚大。人们一般将陶视为超尘出世的隐逸诗人,而山谷则看出了他的别具怀抱,即他忠于晋室的节操以及实出无奈的退隐之举,故虽"沉冥"而堪称一世之豪。此"豪"即谓其有诸葛亮那样的志节抱负,可惜时无英雄,指挥乏人,回天无力,只能心怀凄怆,将一腔忠悃付诸蹉跎岁月,徒以诗名传世。陶渊明人品的这一方面无疑有某些史实的依据,其诗中偶尔流露出的"猛志"壮怀也支持这种结论,但它长久以来被人所忽视。山谷此诗彰显了这一方面,可称有创辟之功,晚清龚自珍称"陶潜酷似卧龙豪"(《己亥杂诗》),实可溯源于此。山谷最后表示千载之下独渊明可以尚友,表现了他与渊明的心灵相通,所以他要以诗代酒,招其魂魄,崇仰之意可感。

山谷在此诗中驱遣史实,镕裁典故,时出奇语,使此诗别具一种古拙之风。即以开头二句而论,诗人由其名字生出妙想,遂成巧构。首句既化用《庄子》,以关合其名,写其生当鼎革之际,沉潜自晦;次句又从其字挽合《诗经》与郑《笺》,生发出无所逃遁的感叹。这正是山谷苦心孤诣的翻新出奇之处。按诗意,此诗可分为三段,但用韵却剖为两截,前人曾指摘其"起一段三韵,后八韵到底,体段乏剪裁"(清黄爵滋《读山谷诗集·正集五言古》)。其实,第一段乃为后两段之铺垫,诗的重点在表彰陶的志节抱负,在此基础上表达仰慕追随之意,上下一气贯注,故不改韵。章法上的畸轻畸重正是诗人用心良苦之所在,特表而出之。

赣上食莲有感①

莲食大如指,分甘念母慈②。共房头觖觖③,更深兄弟思。实中有么荷④,拳如小儿手。令我忆众雏,迎门索梨枣。莲心政自苦,食苦何能甘? 甘飧恐腊毒⑤,素食则怀惭⑥。莲生淤泥中,不与泥同调⑦。食莲谁不甘,知味良独少。吾家双井塘⑧,十里秋风香。安得同袍子⑨,归制芙蓉裳⑩。

① 赣上:指虔州(南宋绍兴间改赣州),治赣县(今江西赣州

市），因章贡二水在此合流为赣江，故云。

② 分甘：将美食分与别人，多指对子女的疼爱。

③ "共房"句：房，莲房，即莲蓬。馘（jí）馘：角多貌，此状莲子
　　聚生于莲房。

④ 么荷：莲实中的嫩芽。

⑤ "甘飱"句：飱，同餐。腊（xī），干肉，久置易变质，食后会
　　中毒。

⑥ 素食：白白糟蹋国家俸禄。语出《诗·魏风·伐檀》。

⑦ "莲生"二句：用佛家语。《维摩诘所说经·佛道品》："一
　　切烦恼皆是佛种……譬如高原陆地不生莲华，卑湿淤泥乃
　　生此华。"

⑧ 双井：山谷家乡村名，在分宁县西。

⑨ 同袍子：原指战友，语出《诗·秦风·无衣》，此指志同道合
　　之士。

⑩ 芙蓉裳：以荷花及叶制成的衣裳。《离骚》："制芰荷以为
　　衣兮，集芙蓉以为裳。"芙蓉，荷花别名。

　　诗作于知太和县任上，元丰四年，诗人因公事途经
赣上，吃到了当地的特产白莲，触物兴怀，感而成诗。诗

的前八句由食莲而兴起念母思亲之情,慈母的分甘之爱,兄弟的手足之情,童稚的天真之态,皆因这莲实而次第展现。这一段表现的是诗人的孝悌情笃。中八句由莲心之苦生发出食苦而甘,遂悟及一个人生哲理:贪图逸乐只会危及自身,尸位素餐更是为人的耻辱,言外则有自甘淡泊倒能体味人生甘甜的含义。进而又由莲而想到其出淤泥而不染的品格,发挥了佛家无明烦恼能生涅槃清静的妙理,不妨将污浊的尘世作为历练人性的场所,境界较前更上了一层。诗人在此感叹知味者少,实说明诗中凝聚了他踏入人生,尤其是涉足官场以来的种种甘苦,也表明他颇有高出常人的自负。末四句以向往归隐照应开头的天伦亲情。故乡的风物、家族的温馨是诗人永远的精神家园,只有在这里才能完成他洁身自好的人生志向。诗以食莲喻人生,通篇比体,妙含理趣,立意出新。其结体由亲情发端,推而及于人生世相、人格修养,复归于乡思,章法开合有序。且其古意盎然,有风骚余韵,乐府佳致。

次韵和答孔毅甫①

鹏飞鲲化未即逍遥游②，龙章风姿终作《广陵散》③。湓浦炉边督数钱④，故人陆沉心可见⑤。气与神兵上斗牛⑥，诗如晴雪濯江汉。把咏公诗阖且开，旁无知音面墙叹。我今废书迷簿领⑦，鱼蠹笔锋蛛网砚⑧。六年国子无寸功⑨，犹得江南万家县⑩。客来欲语谁与同？令人熟寐触屏风⑪。窃食仰愧冥冥鸿⑫，少年所期如梦中。江头酒贱樽屡空，南山有田岁不逢⑬。相思夜半涕无从⑭，千金公亦费屠龙⑮。

① 孔毅甫：名平仲，临江军新淦（今江西新干）人，与兄文仲、武仲俱以文名，合称"清江三孔"。

② "鹏飞"句：《庄子·逍遥游》载"北冥有鱼，其名为鲲……化而为鸟，其名为鹏"，庄子认为鹏飞尚有待于风，故未为逍遥。逍遥游是庄子标举的绝对自由的境界。

③ "龙章"句：嵇康风度不凡，"人以为龙章凤姿"（《晋书·嵇

康传》),为司马昭所杀,临刑时索琴弹《广陵散》一曲,曲终叹曰:"《广陵散》于今绝矣!"(《世说新语·雅量》)

④ "溢浦"句:指孔毅甫监江州钱监。溢浦,即溢江,此代指江州,其地有铸钱之广宁监。

⑤ 陆沉:无水而沉,喻孔毅甫沉沦下僚。

⑥ "气与"句:写孔之气概如剑气上冲于天。据《晋书·张华传》,牛、斗二宿之间有紫气,雷焕对张华说此系宝剑之精上彻于天,结果在丰城县狱基下掘得宝剑一双,谓龙泉、太阿。神兵,即指宝剑。

⑦ "我今"句:谓忙于公务,无暇读书。簿领,公文簿书。

⑧ 鱼:蠹鱼,银白色的鱼形蛀虫。蠹:蛀,用如动词。

⑨ 六年国子:指山谷于熙宁五年至元丰二年(1072—1079)任北京国子监教授。

⑩ "犹得"句:谓山谷于元丰三年授知吉州太和县。

⑪ "令人"句:谓应酬待客,只能令人昏昏欲睡。《汉书·陈万年传》载万年教子成,"语至半夜,成睡,头触屏风"。

⑫ 窃食:食官禄而无作为。冥冥鸿:飞翔于高天的鸿鸟,喻避世隐居者。

⑬ 岁不逢:收成不好。

⑭ 涕无从：《礼记·檀弓》引孔子语曰"予恶夫涕之无从也"，谓吊丧流泪，无物相副。从，配、附之意。此言无以相赠。

⑮ "千金"句：《庄子·列御寇》载朱泙漫学屠龙之术，用尽千金，"技成而无所用其巧"。此喻孔怀才不遇，无用武之地。

　　这首唱和诗作于元丰四年太和任上，相似的际遇激发起他们同声相应、同气相求的心灵默契，诗人遂以慷慨顿挫之词尽情倾诉了一腔磊落不平之感。诗的前半在对孔毅甫的不羁才情大力揄扬之时，也对其遭遇的不公惋惜抱屈。"把咏"一联上承其诗，下开自叙，实为转捩枢纽。"旁无知音"之叹，言外之意则有"唯我为知音"之意在。诗人在后半段中历叙自己不得志的境遇，进不能建功，退不能归隐，陷于公务应酬，欲借酒消愁而不可得。"相思"一联主宾分写，收住全诗。上下两段各有侧重，而又互为映衬补充。上段重在写孔之才情，而自身怀才不遇之感则意在言外；下段自慨身世，则孔之不达亦可令人想见。山谷此类七古规模老杜之歌行，骈散相参，慷慨使气，酣畅中具沉郁，有不可遏抑之势。

上 大 蒙 笼①

　　黄雾冥冥小石门②,苔衣草路无人迹。苦竹参天大石门,虎迒兔蹊聊倚息③。阴风搜林山鬼啸,千丈寒藤绕崩石④。清风源里有人家⑤,牛羊在山亦桑麻。向来陆梁嫚官府⑥,试呼使前问其故。衣冠汉仪民父子⑦,吏曹扰之至如此!穷乡有米无食盐,今日有田无米食。但愿官清不爱钱,长养儿孙听驱使⑧。

① 大蒙笼:太和县境内的山名。

② 小石门:山名。下面的大石门亦为山名。

③ "虎迒"句:谓在野兽出没处休息。迒(háng),兽迹。蹊(xī),足迹。

④ 崩石:崩塌之石,危石。

⑤ 清风源:指山中峡谷。宋玉《风赋》:"夫风生于地,起于青蘋之末,侵淫豀谷。"

⑥ 陆梁:原为跳跃貌,此指嚣张、猖獗。嫚:轻慢,藐视。

⑦ "衣冠"句：谓山民都是朝廷的顺民。《后汉书·光武帝纪》："老吏或垂涕曰：'不图今日复见汉官威仪！'"

⑧ 长养：使儿孙成长壮大。

　　元丰五年（1082）山谷在太和县任上，为推销官盐而深入山区穷乡，目睹人民生活的悲惨，写下了十余首纪行诗，此其四。诗作于四月，题下原注："乙卯晨起。"诗的前六句描写深山老林中的幽僻荒凉，清晨的山林间黄雾迷濛，杳无人迹，只有地面上残留着野兽出没的脚印；林中的阴风呼啸，崖上的藤萝缭绕，更增添了凄厉的气氛。在这样的背景上，诗人方推出山里人家。他没有具体地去描绘山民的生活景况，只是写了官民之间的对话，揭示出他们本是驯服的良民，只因官府的扰民才导致了他们的对抗。末四句既是百姓的答语，又未始不是诗人的浩叹。面对官府的抑配食盐，百姓连糊口的米都无以为继了，还奢谈什么吃盐！只要官府给他们一条生路，他们可以世世代代做听任驱使的良民。诚所谓"任是深山更深处，也应无计避征徭"（杜荀鹤《山中寡妇》），沉痛的叹息中蕴含了为民请命的衷肠。

劳坑入前城①

刀坑石如刀，劳坑人马劳。窈窕篁竹阴②，是常主逋逃③。白狐跳梁去，豪猪森怒嗥④。云黄觉日瘦，木落知风饕⑤。轻轩息源口⑥，饭羹煮溪毛⑦。山农惊长吏，出拜家骚骚。借问淡食民：祖孙甘铺糟⑧？赖官得盐吃，正苦无钱刀⑨。

① 劳坑：太和县境内的地名。下文的刀坑亦为地名。

② 窈窕：幽深貌。篁竹：丛竹，竹林。

③ 主逋逃：接纳逃亡者，"主"用作动词。

④ 豪猪：箭猪，身上长满棘毛。森：毛发耸立貌。怒嗥：吼叫。

⑤ 风饕（tāo）：风势猛烈。

⑥ 轻轩：轻车。源口：谷口。

⑦ 溪毛：水草之类的水生植物。

⑧ 甘铺糟：乐于吃酒糟，即不吃盐。铺(bǔ)，食。糟：酒滓。

⑨ 钱刀：钱币。一种古钱形如刀，故云。

　　此诗紧承上一首诗而作，题下原注："乙卯饭后。"诗的前八句描述山行的旅况，极写其荒僻萧条。首二句以地名关合旅途的艰险劳顿，诚为巧构。以下接写竹林幽深，野兽出没，在白狐跳梁的视觉形象之外，又加上了豪猪嗥叫的听觉刺激，"森"字状其凄厉，给人以毛骨悚然之感。又写到天昏地暗，山风呼啸，分别以"瘦"、"饕"形容"日"和"风"，都见出其下字之奇险，收到了强烈的修辞效果。后八句转写旅途中的用餐小憩及与山民的对话。针对诗人对山民们世代淡食的质疑，山民的回答不啻是对食盐抑配政策的辛辣讽刺，诗人也是借此对这项苛政施以有力的抨击，揭示出它聚敛盘剥的实质。

登 快 阁①

痴儿了却公家事②,快阁东西倚晚晴。落
木千山天远大,澄江一道月分明。朱弦已为佳
人绝③,青眼聊因美酒横④。万里归船弄长笛,
此心吾与白鸥盟。

① 快阁:太和县城东门上的楼阁名,前临澄江,此水由南向北
  流入赣江。

② "痴儿"句:用《晋书·傅咸传》杨济与傅咸书语:"生子痴,
  了官事,官事未易了也。了事正作痴,复为快耳。"诗人以
  "痴儿"自称,"了却"云云,谓处理完公事,且暗寓"快"意。

③ "朱弦"句:用伯牙为钟子期绝弦事。《吕氏春秋·本味
  篇》:"钟子期死,伯牙破琴绝弦,终身不复鼓琴。"佳人:此
  指知己、挚友。

④ "青眼"句:意为见美酒而高兴。《晋书·阮籍传》:"籍又
  能为青白眼,见礼俗之士,以白眼对之",对所悦之人则报
  以青眼,如嵇康往见,"籍大悦,乃见青眼"。

本诗是山谷诗的代表作，凡选家无一不选此诗。诗作于元丰五年太和任上。前半写公务之余登阁远眺，那种摆脱了簿领杂务的轻松快意适与眼前的景色相契合，感发起诗人的无限意兴。"落木"一联向为人所称道，不仅展现出天高地迥的远景及月映澄江的近观，而且折射出诗人旷远明澈的高洁情怀，实为情景相融的佳构。后半转为抒写情意。"朱弦"一联叹知音之无，透出胸中的抑郁不平，但诗人又欲借美酒而化解它。诗情经过这里的盘郁转折之后又复归于快意，推出了归隐江湖、游心太玄的解脱之境。归船、长笛、隐者、白鸥，构成了一幅想象的图景，表达了诗人理想中的人生归宿，它所揭示的依然是对现实社会的厌弃，可谓情中之景。此诗作为律诗，读来却像歌行，一气流转，直注而下。方东树《昭昧詹言》卷二十评曰："起四句且叙且写，一往浩然。五六句对意流行。收尤豪放，此所谓寓单行之气于排偶之中者。"颇得其要。所谓"对意流行"即指用流水对的句式表达诗意的上下相承，具有直贯而下的气势。姚鼐评此诗"能移太白歌行于律诗"（《昭昧詹言》引），亦是此意。

观王主簿家酴醾①

肌肤冰雪薰沉水②,百草千花莫比芳。露湿何郎试汤饼③,日烘荀令炷炉香④。风流彻骨成春酒⑤,梦寐宜人入枕囊⑥。输与能诗王主簿⑦,瑶台影里据胡床⑧。

① 王主簿:未详。主簿,州县中掌文书的属官。酴醾(tú mí):原为酒名,亦作花名。

② 沉水:香名。

③ "露湿"句:《世说新语·客止》载何晏"美姿仪,面至白。魏明帝疑其傅粉,正夏月,与热汤饼(汤煮的面食),既噉,大汗出,以朱衣自拭,色转皎然"。此以何晏之出汗状酴醾之为露水所沾湿。

④ "日烘"句:东汉荀彧为尚书令,其衣带有香气,人称"令君香"。李端《赠郭驸马》:"薰香荀令偏怜少,傅粉何郎不解愁。"炷,点燃;炉,熏炉。此句写阳光照射下的花散发出香气,如荀彧以炉香薰衣。

⑤ "风流"句:言花风姿绰约,如醇酒之醉人。

⑥ "梦寐"句：酴醾花可充枕囊，故言其宜人睡眠。

⑦ 输与：不及，不如。

⑧ 瑶台：美玉砌成的台。胡床：可折叠的坐具，即交椅。据胡床，用晋庾亮事。《世说新语·客止》载庾亮登武昌南楼，"据胡床，与诸人咏谑，竟坐甚得任乐"。

这是一首咏花诗，作于元丰六年（1083）。全篇以人拟花，别具神韵。首联以冰肌玉骨的美人拟花，令人想到《庄子·逍遥游》中写到的藐姑射山神人，"肌肤若冰雪，绰约若处子"，且其芳馨如沉香袅袅，无论姿质气韵均遍压群芳。开篇即以其非凡的风姿摄人心魄，使人目迷神摇。颔联的两个比喻更是想落天外，匪夷所思。前人多指出其逸出以女拟花的常格，以美丈夫比花，见出山谷的好异求奇。细味之，则两句气象又自不同，上句写花的新鲜皎洁，滋润欲滴；下句状其芬芳馥郁，香气氤氲，虚实交映，相得益彰。颈联转以虚笔摹其风情，以酒的陶醉与梦的宜人传花之神。但诗读到最后我们会发现，对花的种种摹写，原是为着烘托出王主簿啸吟风流、洒脱不拘的形象,完成赠诗的意图。

　　这首诗在山谷诗中也可算是另类,它更多地承续了李商隐的诗风,要眇宜修,沉博绝丽。如颔联即化用义山咏梅诗:"谢郎衣袖初翻雪,荀令薰炉更换香"(《酬崔八早梅有赠兼示之作》),但山谷诗联的节奏又异乎常规,以"二—五"的句法节奏形成拗格,故在风神摇曳中又显出峭拔之骨,这又是山谷本色了。

答永新宗令寄石耳①

　　饥欲食首山薇②,渴欲饮颍川水③。嘉禾令尹清如冰④,寄我南山石上耳。筠笼动浮烟雨姿⑤,瀹汤磨沙光陆离⑥。竹萌粉饵相发挥⑦,芥姜作辛和味宜⑧。公庭退食饱下箸⑨,杞菊避席遗萍薹⑩。雁门天花不复忆⑪,况乃桑鹅与楮鸡⑫。小人藜羹亦易足⑬,嘉蔬遗饷荷眷私⑭。吾闻石耳之生常在苍崖之绝壁,苔衣石腴风日炙⑮。扪萝挽葛采万仞⑯，仄足委骨豺虎宅⑰。佩刀买犊剑买牛⑱，作民父母今得职⑲。闵仲叔不以口腹累安邑，⑳我其敢用鲑菜烦嘉禾㉑！愿公不复甘此鼎㉒，免使射利登嵯峨㉓。

① 永新：吉州属邑，太和邻县。宗令：县令宗汝为。石耳：地衣类植物，生深山岩石上，可食用。

② "饥欲"句：伯夷、叔齐"义不食周粟，隐于首阳山，采薇而食之"（《史记·伯夷列传》）。薇，一种野菜，又名野豌豆。首山，即首阳山。

③ "渴欲"句：尧欲让天下于许由，许由认为玷污了他的耳朵，遂洗耳于颍水之滨，见皇甫谧《高士传》。饮颍川水即表示清高。

④ 嘉禾：永新县别称。

⑤ 筥笼：竹笼。

⑥ 瀹（yuè）汤：以汤煮物。磨沙：磨成碎末。

⑦ 竹萌：竹笋。粉饵：糕粑类食品。相发挥：互相映衬，使更美好。

⑧ "芥姜"句：芥与姜味皆辛辣，适宜作调味品。

⑨ "公庭"句：《诗·召南·羔羊》："退食自公。"旧说纷纭，此指从衙门归来，在家用餐。下箸：下筷子。

⑩ 杞菊：枸杞与菊花。避席：退席。遗：弃，不用。萍：水草。齑(jī)：细切的腌菜。

⑪ 雁门天花：代州雁门郡五台山有天花蕈。佛教有天雨花之说。

⑫ 桑鹅：菌类，一作桑耳。楮鸡：楮树上生的木耳，一作树鸡，因其味类鸡而得名。

⑬ 藜羹：用嫩藜煮成的羹，一种粗劣食品。藜，植物名，嫩叶可食。

⑭ 嘉蔬：此指石耳。遣饷：派人馈赠。荷眷私：承受眷顾恩惠。

⑮ 苔衣：苔藓类植物。石胏：石发类植物，即生于水边石上的苔藻。风日炙：风吹日晒。

⑯ 扪萝：握住藤萝。

⑰ 仄足：即侧足，因畏惧而不敢正立。

⑱ "佩刀"句：《汉书·龚遂传》载龚遂劝民务农，"民有带持刀剑者，使卖剑买牛，卖刀买犊，曰：'何为带牛佩犊？'"

⑲ 得职：谓民得安居乐业。职，常。

⑳ "闵仲叔"句：《后汉书·闵仲叔传》："客居安邑，老病家贫，不能得肉，日买猪肝一片，屠者或不肯与，安邑令闻，敕吏常给焉。仲叔怪而问之，知，乃叹曰：'闵仲叔岂以口腹累安邑邪！'遂去。"

㉑ 其敢：岂敢。鲑（xié）菜：鱼类菜肴。

㉒ 鼎：此指菜肴，即石耳。

㉓ 射利：追求财利。嵯峨：高峻貌。此指高山。

  元丰六年山谷任太和令时，邻县的县令给他寄赠了出产于山中的石耳，他有感而发，写了此诗作为答谢。诗一开头，即借古人的事迹明志，实为全诗之纲。从下面所接一句来看，又似为对宗令的称许，妙在两可之间。前半通过对石耳这一山珍的描绘，将感谢馈赠之意写足。这一段诗人采用赋体笔法，先写石耳之美。那置于笼中的石耳依稀能让人想见其长于山野烟雨中的姿态，煮出的汤水光彩斑斓，配上竹笋芥姜，真是五味调和，无比诱人。接着再用其他的食品从侧面衬托，杞菊、萍虀只能退避一边,来自天国的极品也不再被人记起,更何况那些凡品呢。如此正反结合,益发显出石耳的佳美。"小人"一联在表达谢意的同时点出自己的俭朴秉性,实有承上启下的作用,诗意由此而作一大的转捩,在对石耳来之不易的感慨中寄寓了规箴之意。石耳生于苍崖绝壁之上,采摘要冒生命的危险,因此诗人劝宗令不要因偏爱它而引导人民趋之求利。但这层意思又不是径直表达出来的,在述说危险之后笔锋一转,先称颂他重农安民,治县有方,与上文"清如冰"的赞语相呼应,复借古人古事作自谦之词,表示不敢以口腹累人,经此两层转折方在最后揭示题旨。这样的曲笔就使规劝更显委婉,达到了传统诗教所谓的"主文谲谏"的效果。一首普通的赠答诗经诗人的匠心安排,遂富含了积极的思想意义。诗中运用赋体的铺陈罗列各种食品,当是借鉴了韩愈诗歌的手法,但更可上溯至汉代史游的《急就篇》,它是一部小学著作,将同类事物归在一起,以七言述之。

夜发分宁寄杜涧叟①

《阳关》一曲水东流②，灯火旌阳一钓舟③。

我自只如常日醉，满川风月替人愁④。

① 分宁：洪州分宁县，山谷家乡。杜涧叟：名槃。

② 阳关一曲：指送别曲。王维《送元二使安西》有"劝君更尽
一杯酒，西出阳关无故人"，后人以之入乐，更名《阳关》，或
称《阳关三叠》，用于送别。

③ 旌阳：地名，在分宁县东一里，其地有旌阳山，山上有旌阳
观。一钓舟：拟漂泊游宦生涯。杜甫《将赴荆南寄别李剑州
弟》："天入沧浪一钓舟。"又《秋日寄题郑监湖上亭》："磨灭
余篇翰，平生一钓舟。"

④ "我自"二句：欧阳修《别滁州》："我亦只如常日醉，莫教弦
管作离声。"

　　黄庭坚于元丰六年十二月由知太和县移监德州德平
镇，此诗系离家赴任所时的告别寄友之作。家乡的山水

伴随着送别的乐曲、闪烁的灯火,渲染出一派离情别绪,自己乘坐的一叶扁舟将随着东流水漂向新的目的地。诗人在此将自己的行舟拟为"钓舟",实具象征意义。人生就像茫茫大千世界中的一叶钓舟,既有漂泊游宦,又有超脱不羁的寓意。"钓"可以指向求仕,如孟浩然诗中的"垂钓者";也可以象喻出世,如范蠡之类泛舟五湖的烟波钓徒。故此一意象实暗示了诗人仕宦而复具超越的生命境界,首联在表达离别意绪中也就透出了几分超迈,从而有了次联洒脱的告白。诗人称自己只管如平时一样沉醉,那么送别者的无心宴饮自在不言中,不仅如此,那满川风月也动情地在替人悲愁。"自"字在此颇能传其超脱之神,而与下句之"人"形成对比。诗人之"醉"与风物、送行人之"愁"的对比正凸现出其超旷达观,他的形态上的醉所表现出的却是对人生的清醒的把持。因此这首诗一反离别诗的传统路数,表现的是对离情的超越,同时也是超脱世态人情的一种洒脱无碍的人生境界。

题宛陵张待举曲肱亭[①]

仲蔚蓬蒿宅[②]，宣城诗句中[③]。人贤忘巷陋[④]，境胜失途穷[⑤]。寒菹书万卷[⑥]，零乱刚直胸。偃蹇勋业外[⑦]，啸歌山水重。晨鸡催不起，拥被听松风。

① 宛陵：古县名，宋时名宣城县，为宣州治所，今属安徽省。张待举：未详。待举，等待贡举之士。曲肱：语出《论语·述而》："饭蔬食饮水，曲肱而枕之，乐亦在其中矣。"

② 仲蔚：东汉张仲蔚，隐居不仕，"所处蓬蒿没人，闭门养性，不治荣名"（皇甫谧《高士传》）。

③ 宣城：指南齐诗人谢朓，他曾任宣城太守，世称"谢宣城"。

④ "人贤"句：《论语·雍也》中孔子称赞颜回："一箪食，一瓢饮，在陋巷，人不堪其忧，回也不改其乐。贤哉回也！"

⑤ 途穷：阮籍驾车出行，遇到道路不通，辄恸哭而返，见《晋书·阮籍传》。

⑥ 寒菹（zū）：冷的腌菜。

⑦ 偃蹇(jiǎn)：高蹈遗世。勋业：功名事业。

这首诗在山谷诗中属平淡高古一路，与其拗格异调。作于元丰七年(1084)。诗题是咏亭，其实是写人，咏叹的是一种隐逸人格，"曲肱"二字即标示其旨。既是咏亭，则离不开写物，然此诗却并不粘着于景物，而是脱略其形迹，以人形物。前四句尚是人与境合写，但境只是由人带出，诗中写到四个古人，由其人其事烘托出居处的朴拙古雅。如"人贤"一联谓有贤者在就忘却了巷陌的陋穷，居于胜境也就不会有穷途的悲叹，人格为穷巷增色，景色又替人排忧，人与境交相映照。后六句转而以写人为主，正面刻画其人品。"寒菹"一联谓其胸中唯有蔬食与书卷，称其安贫博学，意奇语拗，气骨峻嶒；而"偃蹇"一联则状其超尘出世，气度萧散闲远。结尾处则将此种人品化为具体的形象，在晨鸡、松风的烘托下显出栩栩如生的风貌。清人贺裳曾说："读黄豫章诗，当取其清空平易者"，即举此诗为例，称它"不甚矫揉，政自佳"(《载酒园诗话》卷五)。此诗虽为古风，但却用了不少律句，五联中有三联对仗,且基本协律,但二、三联意格奇崛,在流利中偶露拗硬之姿。

送 王 郎①

酌君以蒲城桑落之酒②,泛君以湘累秋菊之英③,赠君以黟川点漆之墨④,送君以阳关堕泪之声⑤。酒浇胸次之磊隗⑥,菊制短世之颓龄⑦。墨以传万古文章之印,歌以写一家兄弟之情。江山千里俱头白,骨肉十年终眼青。连床夜语鸡戒晓,书囊无底谈未了。有功翰墨乃如此,何恨远别音书少⑧。炊沙作糜终不饱⑨,镂冰文章费工巧⑩。要须心地收汗马,孔孟行世日杲杲⑪。有弟有弟力持家,妇能养姑供珍鲑⑫,儿大诗书女丝麻,公但读书煮春茶。

① 王郎:王纯亮,字世弼,山谷妹婿。时山谷与他相见于德平。

② 蒲城：今山西永济县西南蒲州镇。桑落之酒：蒲城出产的一种酒，相传为河东人刘白堕所创制，因在十月桑落初冻时酿造，故名。见《洛阳伽蓝记》及《齐民要术》。

③ "泛君"句：谓请饮菊花酒。泛，泛觞，即让酒杯漂浮水上，就杯饮酒。湘累，不以罪死曰累，屈原赴湘水死，故云。《离骚》："夕餐秋菊之落英。"

④ 黟(yí)川：即黟县，属歙州，以产墨著名。点漆，形容墨黑如漆。齐萧子良《答王僧虔书》："仲将之墨，一点如漆。"

⑤ "送君"句：言以离歌作别。王维有《送元二使安西》诗，云"西出阳关无故人"，后翻为送别歌曲《阳关三叠》。

⑥ "酒浇"句：《世说新语·任诞》："阮籍胸中垒块，故须酒浇之。"磊隗，即垒块，心中郁结的不平之气。

⑦ "菊制"句：菊花可延年益寿。

⑧ "有功"二句：谓王郎善于作文，此去虽远别，但可以书信通款曲，故不必愁恨。

⑨ "炊沙"句：《楞严经》卷一："犹如煮沙，欲成嘉馔，纵经尘劫，终不可得。"糜，粥。

⑩ "镂冰"句：桓宽《盐铁论·殊路篇》："内无其质，而外学其文，虽有贤师良友，若画脂镂冰，费日损功。"

⑪ "要须"二句：谓当致力于内心修养而有所收获，才能如孔孟行世，光明辉耀。汗马，即汗马之功。杲（gǎo）杲，光明貌。

⑫ 妇：媳妇。姑：婆婆。鲑（xié）：鱼菜。

这是一首送别之作，写于元丰七年。首段表达送别之意，一连八句写的都是送别之物，而每一物都有其特殊意义，其排比长句不仅倾吐出惜别之情，而且托物寓意，表达出由衷的关切。前人欣赏这段文字，进而探本索源，揭出它来自鲍照的《行路难》："奉君金卮之美酒，瑇瑁玉匣之瑶琴。七彩芙蓉之羽帐，九华蒲萄之锦衾。"其后踵事者不乏其人。钱钟书先生洞幽烛微，又进而揭示其兼用鲍照之妹鲍令晖诗中赠物达意的构思："君子将遥役，遗我双题锦；临当欲去时，复留相思枕。题用常著心，枕以忆同寝。"（《代葛沙门妻郭小玉诗》）谓山谷之妙在于"熔铸兄妹之作于一炉"，元稹《莺莺传》中也有类似的传情方式（《管锥编》二）。诗的中间十句为临别赠言，寓劝勉之意，勉励他加强道德修养，作为处世立身之本。末段四句告以宽慰之词，称其家人能各司其职，各得其所，他尽可烹茶读书,逍遥自适。

这首七古纵恣奇崛,首段的长句直泻而下,而八句中用了三种句式,又极跌宕腾挪之致,抒写出慷慨的离情。中段转为劝勉,句式也趋于平稳,传达出谆谆教诲之意。末段历数家事,更显从容亲切。诗中化用典故成语,尤见功力,诗人学富才赡,故能左右逢源。

寄 黄 几 复

我居北海君南海①,寄雁传书谢不能②。桃李春风一杯酒,江湖夜雨十年灯。持家但有四立壁③,治病不蕲三折肱④。想得读书头已白,隔溪猿哭瘴溪藤。

① "我居"句:意谓二人分处南北,相隔遥远。时山谷在德州德平镇,黄几复知广州四会县,故分别以"北海"、"南海"指称其地。

② "寄雁"句:用《汉书·苏武传》雁足传书事。又相传雁南飞

至衡山而止，不能达于岭南，故曰"谢不能"。谢，推辞。

③四立壁：形容穷困。《史记·司马相如传》："家居徒四壁立。"

④"治病"句：谓未经挫折即已熟谙世事，练达人情。《左传·定公十三年》："三折肱知为良医。"蕲，通祈，祈求。

　　山谷与黄几复是知交。这首诗是他于元丰八年（1085）写寄几复之作。方东树评其开篇"亦是一起浩然，一气涌出"（《昭昧詹言》卷二十），思友之情、暌隔之叹，喷薄而出，予人以强烈的感染。"寄雁"句陈衍许为"语妙，化臭腐为神奇"（《宋诗精华录》卷二），盖因诗人以拟人法将一个熟典翻新，道出了音讯难通之慨。"桃李"一联为此诗之警策，它纯以意象构成对仗，春光的明丽与江湖的凄苦互为映衬，聚首时的欢愉相契与分别后的转徙艰辛，通过意象的对比突显出来，高度浓缩了他们历久弥笃的情谊。如果说这一联堪称意象鲜明、音调流利的话，那么下一联则由景语转为抒感，造语顿挫奇崛，如"四立壁"连用三仄声，一字一顿，活现出穷且益坚的品格操守。

陈衍谓"五六则狂奴故态"(同上),正是说这一联表现的是一种兀傲不群、清操自励的人格期许。流利与顿挫在此获得了绝妙的配合。结句推出想象之境,勾画出黄几复的坎坷境遇,在对友人的殷殷关切中未始没有同病相怜的自叹。

诉 衷 情

小桃灼灼柳鬖鬖,春色满江南①。雨晴风暖烟淡,天气正醺酣。　　山泼黛②,水挼蓝③,翠相搀。歌楼酒旆④,故故招人⑤,权典青衫⑥。

① "小桃"二句:灼灼:鲜丽光亮貌。《诗·周南·桃夭》:"桃之夭夭,灼灼其华。"鬖鬖(sān),纷披下垂貌,此形容柳条。此化用韦庄《古离别》:"晴烟漠漠柳鬖鬖,无那离情酒半酣。更把玉鞭云外指,断肠春色在江南。"

② 泼黛:形容山色苍翠,如泼到画面上的黛色。黛,深青色的颜料。顾况《华山西冈游赠隐玄叟》:"群峰郁初霁,泼黛若

鬟沐。"

③ 挼(ruó，又读 nuó)蓝：形容水如揉搓蓝草而生的汁水。白居易《池上》："直似挼蓝新汁色，与君南宅染罗裙。"

④ 酒旆(pèi)：酒旗。

⑤ 故故：有意，特意。或作屡屡、频频解，亦通。

⑥ 权：权且，暂且。典：典当，抵押。青衫：唐代低级官员的服色。杜甫《曲江二首》之二："朝回日日典春衣，每日江头尽醉归。"

　　这首咏春景的小令写得清新明快，将江南的秀丽春色尽展眼前，勾起人无限的爱恋向往。词人着力摹写的是春色之醉人，一个"醉"字贯串上下。先以明艳的桃花和抉疏的柳枝表征出典型的春景，然后由个别及于一般，"满"字更进一步渲染出春色弥漫的壮观。接着以天气之佳烘托春色之令人陶醉，风烟的淡荡融和晕染出"醺酣"醉人的氤氲气氛。过片又回到景物，先勾勒山水之神韵，"翠相挽"一句与上片同一机杼，由山水推及春色，那满眼的青翠好像掺和在山水之间,一派郁郁葱葱。当然光有自然景观还不够,以下的酒楼景色不仅增添了人气,活跃了画面,而且典衣酤酒也呼应了上面的"醺酣",使醉的主旨得到了深化。

　　山谷这类词表现出向曲子词的早期形态回归的倾向,以明快之词抒率真之情。其中也有韦庄、欧阳修诸家的印痕(尤其如欧之《踏莎行》"候馆梅残")。但山谷词更见出点化锤炼之功,除见于注中揭出的点化之迹外,"泼"、"按"、"搀"等动词皆颇见神采,"搀"字尤称生新;"故故"以拟人法写酒旗亲人,饶有情趣。

望　江　东

　　江水西头隔烟树,望不见,江东路。思量只有梦来去,更不怕,江阑住①。　　灯前写了书无数,算没个,人传与。直饶寻得雁吩咐②,又还是,秋将暮。

①"江水"四句：岑参《春梦》："洞房昨夜春风起，故人尚隔湘
　　江水。枕上片时春梦中，行尽江南数千里。"此采其意。
　　阑，阻拦，隔开。
②直饶：即使，就算。

　　这首词以主人公（很可能是一位女子）自诉衷情的
口吻，披露了他（她）思念情人难以自已的款款心曲，缠
绵委婉，一往情深。这种纯真朴实的情愫，深深打动了
古往今来的读者。它的感人力量来自主人公思慕寻觅
意中人的执着，这种执着又是通过层层波折表现出来
的。词一上来就交代双方为江水所阻隔，烟树迷茫中已
难觅对方的踪迹。这时梦的神奇使他（她）产生了逾越
障碍的希望，情绪为之一振。是为一折。不管梦做成与
否，结果一样是虚妄。但词中略去这层意思，过片跃至
灯下修书，以此寄托相思。这又是一折。书成没人传
递，于是就想托大雁捎带；但即使寻得大雁，也已是暮秋
时分，雁将南去。下片可说是一句一曲，层层转跌，直归
于无可奈何的结局。从头至尾，一连串的动词"隔"、

“望”、“思”、“写”、“算”、“寻”等，将这层层波澜描摹出来，情感的流程就在这具象中次第展现，让人随着主人公一起寻觅、希望、遗憾、叹惋。

全词明白如话，素朴无华，却情真意切，俚而不俗。这种风格可追溯至《花间集》中韦庄词的风神情韵，它既有民歌的率真纯朴，又已浸润了文人词的含蓄优雅。如此词以“江东路”代人，就别具蕴藉；“梦来去”化用岑参诗的意境，风神摇曳。

清 平 乐①

春归何处？寂寞无行路。若有人知春去处，唤取归来同住②。 春无踪迹谁知？除非问取黄鹂③。百啭无人能解④，因风飞过蔷薇。

① 《花庵词选》及龙榆生校《豫章黄先生词》（中华书局1957年版）下有词题，题作“晚春”。

② "若有"二句：《苕溪渔隐丛话后集》卷三十九引《复斋漫录》："王逐客送鲍浩然之浙东长短句：'……才始送春归，又送君归去。若到江南赶上春，千万和春住！'"苕溪渔隐称五词为"体山谷语也"。明沈际飞《草堂诗余四集》别集卷一谓山谷词与王词为"千古一对情痴，可思而不可解"。

③ "除非"句：俞平伯《唐宋词选释》："全篇宛转一意，但何以特提出黄鹂呢？冯贽《云仙杂记》卷二引《高隐外书》：'戴颙携黄柑斗酒，人问何之，曰："往听黄鹂声。此俗耳针砭，诗肠鼓吹，汝知之乎？"'这里借寓自己身份怀抱，恐亦非泛泛之笔。"可参考。

④ 百啭：形容鸟鸣声动听，变化多端。王安石《独卧三首》之二："百啭黄鹂看不见，海棠无数出墙头。"

　　这是一首惜春词，通过寻找春天的踪迹，表达对春天的无尽眷恋之情。作者拟春为人，不仅欲觅其踪，还要留春同住，但春讯杳然，于是只得去询问黄鹂。这种匪夷所思的奇想，表现出词人对美好事物的一片痴情。最后一切均告落空，黄鹂远去，一片怅惘。词意曲折跌宕，一波三折，宛转绸缪，在其希望、追求而至失望的情感历程中无疑寄托着他的身世怀抱。此词构思独特新颖，运笔轻灵流利，意味深婉隽永，历来为人传诵。

沁　园　春

把我身心，为伊烦恼，算天便知。恨一回相见，百方做计，未能偎倚，早觅东西。镜里拈花，水中捉月①，觑着无由得近伊。添憔悴，镇花销翠减，玉瘦香肌②。　　奴儿。又有行期。你去即无妨我共谁？向眼前常见，心犹未足；怎生禁得，真个分离！地角天涯，我随君去，掘井为盟无改移。君须是，做些儿相度③，莫待临时。

① "镜里"二句：喻幻想不能实现。《大智度论》卷六："解了诸法，如幻，如焰，如水中月，如镜中像，如化。"宋释道原《景德传灯录》卷三十《永嘉真觉禅师证道歌》："镜里看形见不难，水中捉月争拈得？"

② 镇:犹常,长,久久。

③ 相度:考虑,思量。

　　山谷词中有一类用俚词俗语写冶游艳情,读此词可窥豹一斑。它摹拟一个女子诉说衷情的口吻。上片叙写相思之情。先指天为鉴,诉身心烦恼,然后交代烦恼之因:咫尺天涯,无由亲近。最后以香消玉瘦深化其烦恼。下片表达委身之愿,亦有三层。先写离别在即,难舍难分之情;继表地角天涯,常随君侧之愿;最后叮咛嘱咐,望早早未雨绸缪。

　　这类词放言直写,摆脱蕴藉婉转之度,以一泻无余的诉说表现其性情的真率。此词所用词语俚俗质朴,传统的象征比兴、丽辞藻饰均可摒去,从其惟妙惟肖的声口中,不难揣想出女主人公爱恼交加的心情与热烈大胆的追求。但有些词语仍见出锻炼之功,如"镜里拈花,水中捉月",化自佛典;"花销翠减,玉瘦香肌",颇具"花间"神采;"一日相见,百方做计",以寻常语构成工切的对偶。这就使本词的语言在朴质中透出典雅,不同于山谷某些率尔成章的游戏之作。

水 调 歌 头

落日塞垣路①,风劲戛貂裘②。翩翩数骑
闲猎③,深入黑山头④。极目平沙千里,惟见雕
弓白羽⑤,铁面骏骅骝⑥。隐隐望青冢⑦,特地
起闲愁。　　汉天子⑧,方鼎盛,四百州⑨。玉
颜皓齿,深锁三十六宫秋⑩。堂有经纶贤相⑪,
边有纵横谋将⑫,不减翠蛾羞⑬。戎虏和乐也,
圣主永无忧。

① 塞垣:边境地区。
② 戛(jiá):敲击、刮碰。
③ 闲:通娴,熟习。
④ 黑山:名黑山者有多处。《木兰诗》:"旦辞黄河去,暮至黑
　　山头。"指位于内蒙古自治区境内之杀虎(胡)山。此乃借
　　用典故,谓边地之山。

⑤ 雕弓：雕饰文采的弓。白羽：装有白色羽毛的箭。二词用作弓箭的美称。

⑥ 铁面：战马佩戴的铁制面具。骅骝：赤色骏马。

⑦ 青冢：汉王昭君墓。边地多白草，而昭君墓上草独青，故云。杜甫《咏怀古迹五首》之三："一去紫台连朔漠，独留青冢向黄昏。"

⑧ 汉天子：借指北宋皇帝。

⑨ 四百州：指北宋的统治区域。

⑩ 三十六宫：谓宫殿之多。班固《西都赋》："离宫别馆，三十六所。"

⑪ 经纶：整理编织丝绳，引申为治理国家。

⑫ 纵横：原指合纵、连横两种策略，此谓经营、谋划，兼有驰骋义。

⑬ "不减"句：不能减除王昭君"和亲"的耻辱。翠蛾，女子的眉毛，指代王昭君。

　　这首词在山谷词中称得上是风格独标，不同凡响，不仅由于它气格雄豪，还因其主题涉及经国大事，具有强烈的政治性。作年已难确考，有论者认为作于山谷任北京国子监教授期间，此说不无根据。山谷早年在针砭时弊方面颇具胆识，从其对边事的关注及其批判锋芒看，它只能作于在北方为官的时期。

词的上片主要描写边地骑兵驰骋射猎的雄壮场面。古人每以"猎"指称战事，"闲猎"实际就是进行军事操练。落日、劲风渲染出紧张的战斗氛围，平沙千里提供了辽阔的习武场景，弓箭骏马烘托出骑士的飒爽英姿。循此理路当展开对国力军威的铺陈，高扬英雄主义的风采。不料"隐隐"以下折入了由昭君的青冢引起的"闲愁"，其实此"愁"不但非"闲"，相反是对国运的深长忧思。下片即是其所思的内容，在堂皇的颂词下蕴含着辛辣的讽刺。皇帝贵为天子，统有天下，后宫佳丽，供其享用；庙堂有治国的贤相，边疆有善谋的良将：没想到国家的安定只能用小女子的和亲换来。"不减"一句将前此的堂堂国威全部扫却，其犀利简直使大宋君臣无地自容。结末二句又复归歌功颂德之词，极尽揶揄挖苦，矛头直指皇帝。回观上片所写的骑射场景，可知它只是词人的想象之境，现实的情况是君王纵乐、文恬武嬉，边备废弛，只能以割地赔款来求得苟安于一时。有鉴于此，词人才会以下片大段的讽刺感慨系之，以与上片的理想之境构成强烈对比。

值得指出的是，联系山谷所处的时代背景，他的讽刺矛头是直接指向变法派的。这一时期的诗歌中山谷表现出与当政者断然不合作的态度，时露鄙夷讥讽，其例证彰彰具在，可以参观。尤其可堪玩味的是，王安石有咏昭君的《明妃曲》二首，当时和者甚众。山谷由昭君这一热门话题而兴感作词，也在情理之中。王安石在诗中称"人生失意无南北"、"汉恩自浅胡自深"，在安石可能是要故作惊世骇俗之论，而这或许也是引发山谷深思的触媒之一吧。

在豪放词的发展史上，这首词也应占一席之地。论者一般都只注意到范仲淹的《渔家傲·秋思》、王安石的《桂枝香·金陵怀古》等少数篇章开了风气之先，其实山谷此词也理应受到关注。苏轼当时也是刚尝试豪放词的写作，且多个人抒怀，真正以军国大事入词的也仅《江城子·密州出猎》，它无疑了山谷直接的启示。

这类主题的词在当时实属凤毛麟角,且山谷此词又自有其特色,它不是一味雄豪,而是在后半转为沉郁,在某种意义上开了辛弃疾的词风。

跛奚移文①

女弟阿通归李安诗②,为置婢,无所得,乃得跛奚。蹒跚离疏③,不利走趋,颡出屋檐④,足未达户枢⑤,三妪挽不来,两妪推不去⑥,主人不悦,厨人骂怒。黄子笑之曰⑦:"尧牵羊,而舜鞭之,羊不得食,尧舜俱疲。百羊在谷,牧一童子,草露晞而出,草露湿而归,不亡一羊,在其指扐⑧。故曰:使人也,器之⑨。物有所不可,则亦有所宜。警夜偷者不以马,司昼漏者不以鸡⑩。准绳规矩,异用殊施。天倾西北,地缺东南⑪;尺有所不逮,寸有所覃⑫。子不通之⑬,则屡不可运土⑭,箕不可当履⑮,坐而盼之,大小俱废。子如通之,则瞽者之耳[16],聋者之目,绝利一源,收功十百[17]。事固有精于一则尽善,遍用智则无功;有所不能,乃有所大能焉。"

呼跛奚来:"前,吾为若诏之[18]。汝能与壮士拔距乎[19]? 能与群狙争芋乎[20]? 能与八骏取路乎[21]? 能逐三窟狡兔乎[22]?"皆曰:"不能。"曰:"是固不能,闺门之内,固无所事此。今将诏若可为者。汝无状于行,当任坐作[23]。不得顽痴[24],自令谨饬[25]。晨入庖舍[26],涤鎗瀹釜[27],料简蔬茹[28],留精黜粗。脔肉法欲方[29],脍鱼法欲长[30],起溲如截肪[31],煮饼深注汤,和糜勿投醯[32],齑臼晚用姜[33],葱渫不欲焦[34],旋菹不欲黄[35]。饭不欲著牙,扬盆勿驻沙[36]。进火守煤,水沃沸鼎[37],斟酌芟芼[38],生熟必告。姨媪临食[39],爬垢撩发,染指舐杓,喁龁怀骨[40],事无小大,尽当关白[41]。食了涤器,三正三反,扰拭蠲洁㊷，寝匙覆碗㊸，陶瓦鬌素㊹，视在谨数㊺，兄弟为行，牝牡相当㊻。日中事间，浣衣漱襦，器秽器净，谨循其初，素衣当白，染衣增色，栀郁为黄㊼，红螺虬光㊽，挼蓝杵草㊾，茅蒐橐皂㊿，浆胰粉白㉛，无不媚好。燥湿处亭㉜，尉帖坦平㉝，来往之役，资它使令㉞。牛羊下来，唤鸡栖桀㉟，撑拒门关，闲护草窃㊱，饮饭猫犬㊲，堙塞鼠穴。凡乌攫肉，猫触鼎㊳，犬舐鎗，鼠窥甑，皆汝之罪也。春蚕三卧㊴，升簇自裹㊵，七昼七夜，无得停火。纻麻藤葛，蕉任绤绤㊶，锡疏手作㊷，无有停时。绐缉偷工夫㊸，一日得半工，一缲亦有余㊹。暑时蕴蒸，扇凉蜜冰，薰艾出蚊，冰盘去蝇。果生守树，果熟守筥㊺，执弓怀弹，驱吓飞乌。无得吮尝，日使残少，姆妪骂讥㊻，疟痢泄呕。天寒置笼㊼，衣衾毕烘，搔痒抑痛，炙手捆冻㊽。无事倚墙，鞋履可作，堂上踟呼㊾，传声代诺㊿。截长续短，凫鹤皆忧㊱，持勤补拙，与巧者俦^⑫。凡前之为,汝能之不?"跛奚对曰:"我缺于足,犹全于手。如前之为,虽劳何咎^⑬?"黄子曰:"若是,则不既有用矣乎!"皆应曰:"然。"无不意满。

① 跛奚:跛腿的奴婢。移文:即檄文,此谓晓喻之文。

② 女弟:妹妹。归:出嫁。李安诗:名摅,山谷母舅李常(公择)长子。

③ 离疏:指形体残缺不全。《庄子·人间世》中有畸形之人名支离疏,意为支离残缺。

④ 颡(sǎng):额头。

⑤ 户枢:门户的转轴,此代指门。

⑥ "三妪"二句:《晋书·邓攸传》:为吴郡守,离任时百姓挽留,歌曰:"邓侯拖(《太平御览》引作"挽")不留,谢令推不去。"此用其句式。妪(yù),妇人,犹今言老妈子。

⑦ 黄子:山谷自谓。

⑧ "尧牵羊"数句:《列子·杨朱》:"君见其牧羊者乎? 百羊而群,使五尺童子,荷箠(鞭子)而随之,欲东而东,欲西而

西。使尧牵一羊,舜荷箠而随之,则不能前矣。"此化用其意,谓当量才而用人。晞,干。指执,指挥。

⑨ 器:才能、本领。此用为动词,即用其才。

⑩ 司:负责,管理。昼漏:白天的计时器。漏,漏壶,古计时器。

⑪ "天倾"二句:《淮南子·天文训》:"昔者共工与颛顼争为帝,怒而触不周之山,天柱折,地维绝。天倾西北,故日月星辰移焉;地不满东南,故水潦尘埃归焉。"

⑫ "尺有"二句:《楚辞·卜居》:"夫尺有所短,寸有所长。"不逮,不及。覃(tán),长。

⑬ 通:通晓,通达。此谓不拘泥,能因事制宜。

⑭ 屦(jù):麻葛等制成的单底鞋,此泛指鞋。

⑮ 篑(kuì):盛土竹器。

⑯ 瞽(gǔ)者:盲人。

⑰ "绝利"二句:《阴符经》:"瞽者善听,聋者善视。绝利一源,用师十倍。"利,指耳目之利,即其敏锐度,能力。此谓盲人失明,其听力可收十百之功。聋人同理。

⑱ 诏:告,教训,晓谕。

⑲ 拔距:古代一种习武活动。《汉书·甘延寿传》"投石拔

距"注："拔距者,有人连坐相把据地,距以为坚而能拔取之,皆言其有手掣之力。"

⑳ 群狙争芧(xù)：事见《庄子·齐物论》。狙,猕猴。芧,栎树,也指栎实。此指狙公(养猴人)分发给猴吃的橡子。

㉑ 八骏：周穆王所驾八匹骏马。

㉒ 三窟狡兔：用《战国策·齐策》所载冯谖事。

㉓ "汝无"二句：谓行走不成样子,却可做坐着之事。

㉔ 顽痴：愚昧,不灵活。

㉕ 谨饬：谨慎周到。

㉖ 庖舍：厨房。

㉗ 鎗：俗作铛(chēng),此指锅。瀹(yuè)：洗涤。釜(fǔ)：古烹饪器。

㉘ 料简：拣择。蔬茹：蔬菜。

㉙ 脔肉：将肉切成块。

㉚ 脍：细切。

㉛ 起溲：发酵。截肪：切开的脂肪。比喻发酵之面食。

㉜ 和糜：搅和捣碎。醯(xī)：醋。

㉝ 齑臼：在石臼中捣碎(葱、姜等物)。

㉞ 葱渫(xiè)：蒸葱。

㉟ 旋：随即。菹(zū)：腌渍。此谓趁蔬菜鲜嫩时马上做成菹（腌菜）。

㊱ "扬盆"句：倒去盆中的东西不要留下渣滓。

㊲ 娃(qǐng)：火炉。此指灶。沃：灌注。

㊳ 斟酌：调和。芗芼(xiāng máo)：调味的香草及野菜。芼，又可指芼羹，即野菜杂羹。

㊴ 姨：傭妇。媻(lán)：女子。

㊵ 染指：以手拈菜。舐(shì)：舔。嚽(chuài)：吞食。胾(zì)：大块肉。怀：怀藏，挟带。

㊶ 关白：报告。

㊷ 扷拭：擦拭。蠲(juān)洁：清洁。

㊸ 寝匙：放置匙具，其状如卧，故云。

㊹ 陶瓦：陶器。髤(xiū)：漆，此指漆器。素：未上漆之器物。

㊺ 谨数：仔细点数。

㊻ 兄弟：同类的器物。牡牝(pìn)：雄雌，此指配对的器物。

㊼ 栀(zhī)郁：两种可作黄色染料的植物。

㊽ 蚜光：即研光，以石打磨使光泽。此指用红螺磨光。

㊾ 挼(ruó)蓝：揉搓蓝草。杵：春捣。

㊿ 茅蒐：即茜草，可作深红色染料。橐皂：橐吾与皂荚。

� 浆：米汤，作浆衣用，使干后平挺。胰：猪胰，此指胰子，即肥皂。

㉒ 处亭：安排停当。

㉓ 尉（yùn）帖坦平：熨烫得平坦服帖。

㉔ 资：凭借，依靠。

㉕ "牛羊"二句：《诗·王风·君子于役》："日之夕矣，羊牛下来"；"鸡栖于桀"。桀，小木椿。

㉖ 闲：防备。草窃：草野窃盗。

㉗ 饮饭：用作使动，指给猪犬喂食喝水。

㉘ 猫触鼎：孙光宪《北梦琐言》卷七载唐卢延让诗："栗爆烧毡破，猫跳触鼎翻。"为前蜀王建所赏，卢自叹："不意得力于猫儿狗子也。"

㉙ 三卧：蚕经三次蚕眠，蜕三次皮，方能成熟。卧，指蚕眠。

㉚ 簇：供蚕作茧之具。自裹：指蚕吐丝结茧。

㉛ 蕉：芭蕉，纤维可织布，称蕉布。絺（chī）：细葛布。绤（xì）：粗葛布。

㉜ 锡：通緆（xì），细布。疏：粗布。

㉝ 绹（mí）：即縻。缉：绩。指将纤维编织为线。

㉞ 缨：带子。此谓做条带子尚有余。

⑥5 筥(jǔ)：圆形竹筐。

⑥6 姆：保姆。妪：老妇。

⑥7 笼：熏笼，作熏香、取暖、烘干等用。

⑥8 捹(ruán，又读 nuó)冻：揉搓冻僵的部分。捹，两手相揉摩。

⑥9 龃(jiào)：大声呼叫。

⑦0 传声：向人传达堂上之命。代诺：替人应答。

⑦1 "截长"二句：《庄子·骈拇》："是故凫胫虽短，续之则忧；鹤胫虽长，断之则悲。故性长非所断，性短非所续，无所去忧也。"意谓当顺其天性。

⑦2 俦：同类，相等。

⑦3 虽劳何咎：犹任劳任怨。咎，怨恨。

　　此文的作年已难确考。据山谷诗，李摅(安诗)早在元丰之前就已辞世。秦观《李公择行状》称李摅曾任扬州江都县尉，而山谷在嘉祐四年至治平四年间(1059—1067)曾从李公择于淮南，扬州为淮南东路治所，则本文或作于此时。

　　本文堪称一篇奇文。"移文"本是古代官府的一种文书,旨在晓谕对方。作者借用这一形式,通过对一位跛脚女婢的训话,表达了某种人生哲理,谐谑夸诞,妙趣横生。

从体裁而言,本文其实是用赋体写成的一篇移文。按赋的通例,开头往往有一段序文,交代写作缘起或相关的背景资料。本文第一段就类似一篇赋的序,由跛奚的腿脚不利,受人诟病,生发出一段关于人生的议论,其要旨在于说明人和物一样,各有其长处与不足,若能用其所长,且专精于此,则可大有所能。以下一大段文字则可视为赋的正文。它运用赋体主客对话的传统形式,将跛奚的职责加以一一铺陈,从饮食洗涮、照看禽畜、喂养猫狗到养蚕绩麻、驱鸟护果、消暑祛寒,事无巨细,都要承担,而且还要见缝插针,完成额外任务。最后以凫鹤之喻说明当因任自然,循性而行,如此则残缺之人亦可成有用之才,回应了序文揭示的主题。说到底,这是庄子哲学的形象化表述。此段文字充分发挥了赋善于铺叙的文体特点,将奴婢的辛苦劳作描述得淋漓尽致,其中不无夸饰的成分,目的主要是为了展示残缺之人也可大有作为的主题,亦即庄子无用即有大用的思想。但是它也反映了主人对奴婢的压迫之甚,作者对此津津乐道,且以训诫口吻责其完成任务,这种态度并不可取。

早在南宋,洪迈就指出此文"拟王子渊(褒)《僮约》,皆极文章之妙"(《容斋续笔》卷十五)。钱钟书先生也持此论,称其"琢词警炼"(《管锥编》第三册二十六论王褒《僮约》)。《僮约》是西汉王褒的一篇诙谐赋,是以赋体写成的一篇契约文书,将对家奴便了的要求尽数叙于赋中。山谷此文显然采用了《僮约》的构思。但其游戏笔墨的背后蕴含了人生哲理,更耐人寻味。其语言也很有特色。如序为散体,但散中具整炼,适当穿插对偶句;正文以四字句为主,但又参以若干三言、五言、七言句,问答之间还有一些参差不齐的口语句式,配合着排比与对偶句的运用。如此则使文章于整齐中有变化和流动的韵致。四言句节奏紧促,加上韵脚变化频繁,颇能传达历数事项的口吻。文中罗列众多物象和动作,用词变化多端,且有意使用一些古字,以造成古朴奥硬的风味。凡此都体现了赋的特有情调。

东郭居士南园记

以道观分于崭岩之上，则独居而乐[①]；以身观国于蓬荜之间，则独思而忧[②]。士之处污行以辞禄[③]，而友朋见绝；自聋盲以避世，而妻子不知，况其远者乎[④]！

东郭居士尝学于东西南北，所与游居，半世公卿，而东郭终不偶[⑤]。驾而折轴[⑥]，不能无闷[⑦]；往而道塞[⑧]，不能无愠。退而伏于田里，与野老并锄，灌园乘屋[⑨]，不以有涯之生而逐无堤之欲，久乃蘧然独觉[⑩]，释然自笑。问学之泽，虽不加于民，而孝友移于子弟；文章之报，虽不华于身，而辉光发于草木，于是白首肆志而无弹冠之心[⑪]，所居类市隐也[⑫]。总其地曰"南园"，于竹中作堂曰"青玉"，岁寒木落而视其色，风行雪堕而听其声，其感人也深矣。据群山之会，作亭曰"翠光"，逼而视之，土石磊硕⑬，缭以松楠；远而望之，揽空成色⑭，下与黼黻文章同观⑮。其曰翠微者⑯，草木金石之气邪？其曰山光者，日月风露之景邪？不足以给人之欲，而山林之士甘心焉⑰，不知其所以然而然也。因高筑阁曰"冠霞"，鲍明远⑱诗所谓"冠霞登彩阁，解玉饮椒庭"者也。蝉蜕于市朝之溷浊⑲，翳心亨之叶⑳，而干没之辈不能窥是臞儒之仙意也㉑。其宴居之斋曰"乐静"㉒，盖取兵家《阴符》之书曰："至乐性余，至静则廉。"《阴符》则吾未之学也㉓，然以予说之，行险者躁而常忧，居易者静而常乐㉔，则东郭之所养可知矣。其经行之亭曰："浩然"㉕。委而去之，其亡者，莎鸡之羽㉖；逐而取之，其折者，大鹏之翼㉗。通而万物皆授职㉘，穷而万物不能撄㉙，岂在彼哉㉚！由是观之，东郭似闻道者也。

东郭闻若言也㉛，曰："我安能及道！抑君

子所谓'困于心，衡于虑，而后作'者也㉜。我为子家婿，轩冕不及门㉝，子之姑氏怼我不才者数矣㉞。殆其能同乐于丘园㉟，今十年矣！可尽记子之言，我将劖之南园之石㊱。它日御以如皋，虽不获雉，尚其一笑哉！"㊲予笑曰："士之穷乃至于是夫！"于是乎书东郭之乡族名字，曰新昌蔡曾子飞㊳，作记者豫章黄庭坚。

① "以道"二句：《庄子·天地》："以道观分而君臣之义明。"道，天道，大道。分，名分。崭岩，即巉岩，指隐士所居之山林。此谓从天道的高度来看万物的名分，则隐居山林自有其乐。

② "以身"二句：身居草野，由自身的角度念及国事，则心有忧思。蓬莱，草名，亦指用草编的门户。此借指简陋的居处。

③ 污行：卑下的行列、环境。

④ 远者：指关系比亲朋更疏远者。

⑤ 不偶：命运不好。

⑥ 驾而折轴：《汉书·景十三王传》载临江王刘荣离江陵赴

京,上车后"轴折车废",父老以为不祥之兆。此喻遭遇
挫折。

⑦ 不能无闷:《易·乾·文言》:"龙德而隐者也,不易乎世,
不成乎名,遯世无闷。"此反用之。遯,即遁。

⑧ 道塞:指仕进之途阻塞。

⑨ 乘屋:盖屋。《诗·豳风·七月》:"亟其乘屋。"郑玄笺:
"乘,治也。"

⑩ 蘧然:惊觉貌。

⑪ 肆志:放纵情志。弹冠:指出仕,语出《汉书·王吉传》。

⑫ 市隐:居于市中而游心寂寞,形同隐居。晋王康琚《反招隐
诗》:"小隐隐陵薮,大隐隐朝市。"《晋书·邓粲传》:"夫隐
之为道,朝亦可隐,市亦可隐。"

⑬ 磊砢:众石累积貌。

⑭ 揽空成色:挹取秀丽的景色。

⑮ 黼黻(fǔ fú):原是礼服上的花纹图案,此指绚烂的景色。

⑯ 翠微:青翠朦胧的山色。

⑰ "不足"二句:谓山水景物不能满足人的欲求,但隐士对此
却感到舒心快意。给(jǐ),供给,满足。甘心,称心。

⑱ 鲍明远:南朝宋诗人鲍照。诗句出自其《代升天行》,写解

官游仙。

⑲ "蝉蜕"句：从污浊的尘世超脱出来。《史记·屈原列传》："蝉蜕于浊秽，以浮游尘埃之外。"溷，即混。

⑳ 翳（yì）：遮蔽。心亨：内心通达。

㉑ 干没：投机射利。臞儒之仙：此指东郭居士。臞，通癯，清瘦。

㉒ 宴居：安居。犹今言休闲。

㉓ 阴符：《阴符经》，旧题黄帝撰，内容多道家修炼术，并杂有兵家语。

㉔ "行险"二句：《礼记·中庸》："故君子居易以俟命，小人行险以徼幸。"行险，冒险。居易，立身行事平易。

㉕ 浩然：《孟子·公孙丑下》："予然后浩然有归志。"切归隐之意。但也兼有刚正博大义，《孟子·公孙丑上》："我善养吾浩然之气。"

㉖ "委而"三句：委弃世俗，所失者微不足道，如莎鸡之羽翼。莎鸡，即络纬，其翅极薄。

㉗ "逐而"三句：追逐名利，所受之挫折，如大鹏之翅膀。

㉘ "通而"句：假如命运通达，则万物各尽职分，为他效力。授，提供，进献。

㉙ "穷而"句：假如处境困顿,则万物也不能扰乱其心。攖,扰乱,纠缠。

㉚ 岂在彼哉：彼,指外物。此谓主动权不在于物,而在于己,即得道者自有定力,能转物而不为物转。

㉛ 若言：这样的话。

㉜ "困于心"三句：出《孟子·告子下》,意谓心意困苦,思虑阻塞,才能有所作为。衡,犹横,阻塞。

㉝ 轩冕：指官爵禄位。

㉞ 怼(duì)：怨恨。不才：没有才能。数(shuò)：多次,经常。

㉟ 殆;通迨,及,等到。

㊱ 劙：镌刻。

㊲ "它日"三句：《左传·昭公二十八年》:"昔贾大夫恶(貌丑),娶妻而美,三年不言不笑,御以如皋,射雉获之,其妻始笑而言。"御,驾车。如皋：到水边之地。尚：表希望之词。

㊳ 新昌：属江南西路筠州。

据文称,东郭居士为新昌蔡曾子飞,故可推定此文作于山谷任吉州太和令时。

本文虽题为"园记"，实则是一篇以形象化的笔墨论道说理的文字，它标举的是一种超越的人生境界，简言之为"得道"。道，可以说是贯串全文的一根主线，故文章一上来就区分"道"与"身"的不同层次，意在说明人当超越自身一己的忧患得失而臻于道境。随后，通过东郭居士的例子阐述道境的获得是经历了人生挫折的结果，人从名利场中抽身出来，方能"蘧然独觉"而悟道。文章的主体部分是写园中的各个景点，由其名而发挥义理，具体展现出得道者人格境界的各个侧面。值得指出的是，山谷所谓的"道"，已非单纯的道家的"自然"或佛家的"涅槃"，而是以儒为本对佛、道的融摄，故得道即是基于儒家道德伦理的进退出处的自如之境。如其堂曰"青玉"，实标示了主人的道德节操；其亭曰"浩然"，乃是以孟子所倡的精神境界来概括其人品，它既具进取精神（"浩然之气"），又含退隐之志（"浩然有归志"），涵盖了"穷"、"通"两个方面。这些都是儒家的人格内涵。故文中所述的退隐，不是那种枯淡寂灭的离尘遁世,而是不离尘世的所谓"市隐",一方面躬行"孝友",一方面又以"乐静"之心应对人生。质言之,这是以儒家思想为底蕴又融入庄禅之道的一种人生哲学,是通过对自然的审美而达致的内在超越。儒与道两家的思想经魏晋玄学的整合至宋代走向理学,山谷的这种思想也是时代思想的一种投影。文章末段通过东郭居士的表白,借孟子语重申了由人生的困阨而悟道的观点,照应了开头所述,收束于道的主题。

宋人好论道说理,对他们说来,自然人生,触处皆理。山谷此文就是一篇富于理趣的散文。它层次井然,语言精警整饬,有的句子类似格言,启人深思。

二、元祐在京时期(1085—1094)

元丰八年(1085)神宗去世,年仅十岁的太子赵煦即位,是为哲宗,翌年改元"元祐"。太皇太后(英宗妻)高氏垂帘听政,起用反变法派人士,史称"元祐更化"。这时,熙、丰间被外放、贬斥的人士被陆续召回朝廷,司马光、苏轼、孙觉、李常等都是在此时被重新起用的。

与此同时,一批知名的文学之士也受到荐拔。黄庭坚于元丰八年以秘书省校书郎被召,元祐三年(1088)参与校定《资治通鉴》,除神宗实录院检讨官、集贤校理。同时选充馆阁之任的有孔平仲、毕仲游、张耒、晁补之等人,庭坚与晁、张尤为其中的翘楚,加上秦观则是所谓"苏门四学士"。另有客游京师的陈师道、李廌，与之合称"苏门六君子"。难得的历史机遇使他们得以相聚，共同奉苏轼为文坛宗主，他们一起游赏唱酬，挥毫谈艺，形成了元祐文坛的繁荣盛况，元祐时期也是这批文学精英的人生历程中难得的一段黄金岁月。

元祐三年（1088）正月至三月，礼部试进士，苏轼为主考官，领贡举事，孙觉、孔文仲同知贡举，黄庭坚为参详（参酌详审之意）。考试期间，考官们要宿于试院，不得与外界交通，是所谓"锁院"。他们在公事之暇，或唱和酬答，或书画遣兴，紧张中又有文人雅趣。著名画家李公麟也是考官之一，时以作画寄兴，画成之后，诸公则以诗题咏。如黄庭坚有《观伯时画马礼部试院作》，和者甚众。这一时期苏、黄为李公麟的多幅画作题诗，诗画交相辉映。

在此还可提及后世艳称的"西园雅集"一事。据传，这批文学精英曾在驸马都尉王诜的西园聚会，在座的李公麟将此盛会画成了一幅《西园雅集图》。米芾有《西园雅集图记》一文描述了画面的情景，其中"团巾茧衣、手秉蕉箑而熟视者,为黄鲁直",画中人物"自东坡而下,凡十有六人"(《宝晋英光集·补遗》)。有研究者对此事的真伪提出质疑。南宋以后对此图的临摹、仿作迭出,人物及画面布局也不尽一致。其实我们正不必拘泥于史实,不妨将"西园雅集"的主题视为艺术的综合,它反映的是元祐时期文学的彬彬之盛。

元祐时期黄庭坚与苏门诸子有着广泛的交游,尤其他与苏轼的交谊更是留下了一段千古佳话。他亲炙苏门,更有出蓝之胜,以至与苏双星辉耀,赢得了"苏黄"的并称。二人过从之密、相知之深,在诗文中有充分反映。当时庭坚寄居在醴池寺,自名其居室曰"退听堂"。苏轼曾往访,并在其书斋壁上画了小山枯木,庭坚有题诗。庭坚家乡送来茶中名品双井茶,也与东坡分享;他中年得子,作《嘲小德》诗,东坡亦有和章。正因为关系亲密,因而会忘形尔汝,甚至调侃取笑,这种调笑尤成为他们论文谈艺中才智相较的一种特有形式。有人据此认为他们相互讥嘲,实为小人之见。事实上庭坚终其一生都对东坡备极推崇,虚心以门弟子自处。邵博《邵氏闻见后录》卷二十一载："鲁直晚年悬东坡像于室中,每蚤(早)作衣冠荐香,肃揖甚敬",就是明证。

在政治上,庭坚也与东坡持相似的立场,共历升沉荣辱。苏、黄与李常、孙觉等人不同意司马光等元老重臣全面推倒新法的举措,主张参酌新旧,因时制宜。如在役法问题上,苏轼就主张维持免役法,反对复差役之旧。庭坚在对待新法的问题上也较客观公允,认为新法不能一概否定,当择善而行,由此他提出了"人材包新旧,王度济宽猛"(《次韵子由绩溪病起被召寄王定国》)的主张,也就是要将仁宗时代的宽厚与神宗朝的峻法结合起来。苏轼在元祐元年为学士院拟了一道策论题,就将这两方面概括到题中,意欲使两朝政风短长互补,结果引起轩然大波。从这一事件可以看出苏黄政见之相通。

元祐朝的党派斗争也异常复杂激烈。除原有的新旧党争,旧党内部又分裂为不同的集团,如刘挚为首的朔党,苏氏兄弟的蜀党,程颐等人的洛党。旧党对变法派也以其人之道还治之,形成党同伐异的恶性循环。有鉴于此，黄庭坚鲜明地揭出反对朋党之争的态度，呼吁广罗人才，无论新旧，上引的"人材包新旧"，就体现了这一主张。《和邢惇夫秋怀十首》之四还写道：

> 王度无畦畛，包荒用冯河。秦收郑渠成，晋得楚材多。用人当其物，不但轴与荏。六通而四辟，玉烛四时和。

诗中用《易·泰卦》之说及韩国人郑国为秦国修渠等典故，说明王者治理天下不应有门户之见，当兼收并蓄各路人才，方能政通时和。当时知汉阳军的吴处厚上疏揭发蔡确（新党）在游车盖亭的一组诗中谤讪朝政，在疏中对诗一一笺释，罗织罪名，史称"车盖亭诗案"。庭坚对此案颇存异议，在晚年忆及此事还感慨不已。再如洛、蜀两党也闹得沸沸扬扬。苏轼不满程颐迂执，嫌其道貌岸然，对他多所嘲弄，蜀党中人甚至将他目为"五鬼"之首。庭坚不仅没有卷入这类纷争，而且对程氏兄弟仍心怀敬意，如在《和邢惇夫秋怀十首》之八中叹曰："西风壮夫旧，多为程颢滴"；后来庭坚在涪州，为程颐贬所注《易》处题匾额曰"钩深"。这种态度受到了后人的肯定，南宋黄震就说："方苏门与程子学术不同，其徒互相攻讦，独涪翁超然其间，无一语党同。"（《黄氏日钞》卷六十五）

对待新旧党争的态度又集中反映在如何评价变法派领袖王安石上。在这个问题上，黄庭坚的态度较前有了很大的修正。

在此前任地方官时期，他对王安石及其新法有较多的批评，对其人虽未正面指斥，却有不少曲折的讥讽。尤其当王安石以尧舜比神宗，以伊（尹）、吕（尚）之贤的辅弼自居时，庭坚更是不以为然，反唇相讥。但在《神宗皇帝挽词》中却说："钧筑收贤辅，天人与圣能，辉光唐六典，度越汉中兴"，已从正面肯定的意义上来运用这些君臣遇合的故事了。对安石的品节则肯定更多，如《跋王荆公禅简》称："余尝熟观其风度，真视富贵如浮云，不溺于财利酒色，一世之伟人也。"

王安石的学术文章也是庭坚所服膺的一个方面。

上引跋文还评其诗:"莫(暮)年小诗,雅丽精绝,脱去流俗,不可以常理待之也。"《有怀半山老人再次韵二首》云:"草《玄》不妨准《易》,论诗终近《周南》",对其学术成就评价甚高。再如王氏以《字说》为代表的文字学曾引起过很大争议,甚至成为嘲弄的对象,黄庭坚也加以讥讽过,但后来的评价却大有转变:"荆公晚年删定《字说》,出入百家,语简而意深,常自以为平生精力尽于此书。"(《书王荆公骑驴图》)

对于王安石的经学,庭坚前后的态度差别也较大,由批评、抵制转为某种较为积极的评价。作于元祐元年的《奉和文潜赠无咎篇末多见及以既见君子云胡不喜为韵》的组诗中写道:

> 谈经用燕说,束弃诸儒传。滥觞虽有罪,末派弥九县。(之二)

> 荆公六艺学,妙处端不朽。诸生用其短,颇复凿户牖。譬如学捧心,初不悟己丑。玉石恐俱焚,公为区别不?(之七)

二诗谓王氏经学虽有郢书燕说的穿凿之弊,但不能全盘否定,以致玉石俱焚;其中的创见确可传之不朽,只是其后学发展了它的短处,才产生了不良影响。尽管庭坚对王氏经学仍有保留,但还是将他作为经学中的重要一家来看待的,其《杨子建通神论序》云:"今夫六经之旨深矣,而有孟轲、荀况、两汉诸儒及近世刘敞、王安石之书,读之亦思过半矣。"

但是需要指出的是,从上述材料并不能就得出黄庭坚对王安石的评价已发生根本转变的结论。元祐年间他对待变法的基本立场没有改变,对某些问题他还力持己见,写进他参与修纂的《神宗实录》中。不过比起苏氏兄弟来,他对安石的肯定较多,在当时的舆论风潮中能持这样较客观、公允的见解,确实显示了他的胆识。

苏门诸子由于取较为务实的立场态度,就处于新旧两派人物的夹击之中。庭坚与苏轼一道在朝中屡遭攻击,仕途一再受挫。元祐二年苏轼上书荐举黄庭坚代替他任翰林学士,未获允准,却召来了赵挺之的攻击,称王巩与庭坚"轻薄无行,少有其比","庭坚罪恶尤大"

(《续资治通鉴长编》卷四百七)。这一年庭坚除著作佐郎,三年诏除著作郎,旋又取消此任命,原因也是赵挺之的丑诋,说他在德州时"恣行淫秽,无所顾惮"(同上,卷四百十一)。四年迁集贤校理,东坡不堪党争之烈,出知杭州;五年舅父李常与岳父孙觉相继去世,他倍感悲痛,退思更趋强烈。

元祐六年,《神宗实录》修成,撰写成员循例各迁一官,庭坚当升为起居舍人,但诏命被中书舍人韩川驳回,庭坚仍为著作佐郎。六月老母病逝,护丧回乡,八年服除后,辞免史官编修之命,乞求管勾宫观,实际就是领一份干薪退休了事。

这时北宋政局正处于"山雨欲来风满楼"的剧变的前夜,他想全身避祸,但终未能逃脱厄运。八年(1093)九月高太后崩,十月哲宗亲政,某些朝臣伺机进"绍述"之说,即继承神宗的法度。次年改元"绍圣",复行神宗之政,新一轮的政治清算全面展开,《神宗实录》成为绍述派的众矢之的,被指斥为诬毁先帝的"谤书"。朝廷下诏对编修人员进行审查,黄庭坚应召北上,十一月到开封府陈留,寓居东寺净土院之深明阁,接受审查。在应对中他始终从容镇定,据实以对,坚持己见。十二月,朝廷终以"类多附会奸言,诋熙宁以来政事"罪之,将他贬为涪州别驾,黔州安置。

面对命运的逆转,他镇静处之。谪命下达后,左右的人都哭泣起来,独庭坚神色自若,倒头便睡,鼾声大作,"君子足以知公不以得丧休戚芥蒂其中也"(佚名《豫章先生传》)。惠洪《石门文字禅》卷二十七载:"山谷初谪,人以死吊,笑曰:'四海皆昆弟,凡有日月星宿处,无不可寄此一梦者。'"正是凭着这股精神力量,他在逆境中度过了余生。

送舅氏野夫之宣城二首①

籍甚宣城郡②,风流数贡毛③。霜林收鸭脚④,春网荐琴高⑤。共理须良守⑥,今年辍省曹⑦。平生割鸡手⑧,聊试发硎刀⑨。

　　试说宣城郡,停杯且细听。晚楼明宛水⑩,
春骑簇昭亭⑪。秔稏丰圩户⑫,桁杨卧讼庭⑬。
谢公歌舞处⑭,时对换鹅经⑮。

① 野夫：李莘字野夫,山谷舅父。元丰八年(1085)十二月知
　宣州。宣城：宣州治所,宣州又曾名宣城郡。

② 籍甚：名声很大。

③ 风流：指宣城美名流传。数贡毛：要数其进贡的土产特别
　丰富。毛,土地所生之物。

④ 鸭脚：银杏别名。

⑤ 琴高：原为仙人名,后转为鱼名,出产于泾县东北之琴溪,
　其地为琴高隐居之所。此种鱼久为贡品。

⑥ "共理"句：《汉书·循吏传》载宣帝语："与我共此者,其唯
　良二千石乎!"意谓与皇帝共同治理天下的是那些好的
　郡守。

⑦ 辍省曹：指李莘由屯田郎中出知宣州。辍,停止。省曹,此
　指尚书省工部,屯田郎中所属。

⑧ 割鸡手：指任地方官。《论语·阳货》载子游为武城宰,孔
　子过而闻弦歌之声,笑曰："割鸡焉用牛刀?"

⑨ 发硎刀：刚磨过的刀。硎，磨刀石。《庄子·养生主》记庖丁解牛，称其"刀刃若新发于硎"。

⑩ 晚楼：指宣城谢朓楼。宛水：宛溪，流经宣城。

⑪ 骑：指仪仗骑从。簇：簇拥。昭亭：山名，在城北，唐以后又称敬亭山。

⑫ 杷秜：即稷秜，稻名。圩户：种圩田的农户。

⑬ 桁杨：枷锁，刑具。卧讼庭：指刑具弃置不用。

⑭ 谢公：指谢朓，曾为宣城太守，常以歌舞延客。

⑮ 换鹅经：指老子《道德经》。据《晋书》，王羲之写《道德经》换山阴道士之鹅，故云。此句写依《老子》无为而治。或说观赏前贤笔墨，亦可通。

　　宣城是皖南的名郡，不仅山水明丽，而且由于谢朓、李白等的题咏，它更成了一座文化气息浓郁的诗城。这两首送行诗在咏赞宣城风物的同时，也对舅氏的理政寄以期望，表达了诗人的政治理念。第一首先述宣城之物产，尤点明其为贡品；后许以与朝廷分忧的"良吏"，谓其治郡只不过小试牛刀。如此，则诗人的期许中当包涵勿因进贡而扰民之意，应是合理的推测。第二首由山川风物之美写到年丰人乐、讼息刑措,一派政通人和气象,长官自可晏处逍遥,或以亲笔墨为事。它正是老子笔下的"不尚贤,使民不争;不贵难得之货,使民不为盗;不见可欲,使民心不乱"的境界。联系当时的政治背景,山谷倡无为安民,实有对变法拨乱反正的诉求。就风格言,这两首五律清新俊爽,有谢朓、李白、杜牧等的风调流美之致,但也有山谷诗的本色在。方回评第一首"五、六有斡旋,尾句稍健。彼学晚唐者有前联工夫,无后四句力量";评第二首"中四句佳,言风土之美,而'明'、'簇'、'丰'、'卧',诗眼也","尾句尤有味"(《瀛奎律髓》卷四《风土类》),所言即是其江西本色处。陈衍谓"'贡毛'号以'风流',语妙","五句本汉诏"(《宋诗精华录》卷二),指的也是这类特色。

送范德孺知庆州①

乃翁知国如知兵②,塞垣草木识威名③。敌人开户玩处女,掩耳不及惊雷霆④。平生端有活国计,百不一试薶九京⑤。阿兄两持庆州节,十年骐驎地上行⑥。潭潭大度如卧虎⑦,边头耕桑长儿女。折冲千里虽有余⑧,论道经邦正要渠⑨。妙年出补父兄处,公自才力应时须。春风旍旗拥万夫⑩,幕下诸将思草枯⑪。智名勇功不入眼⑫,可用折箠笞羌胡⑬。

① 范德孺:名纯粹,范仲淹第四子。庆州:治合水(今甘肃庆阳),亦为环庆路治所。范于元丰八年八月出知庆州。

② 乃翁:你的父亲。

③ "塞垣"句:写范仲淹于康定、庆历间镇守西北时威名大震。塞垣,边城。《旧唐书·张万福传》:德宗谓张万福曰:"朕以为江淮草木亦知卿威名。"

④ "敌人"二句:我方待敌,静如处女,敌人攻入,以为可玩,不料我方迅速出击,使之措手不及。《孙子·九地》:"是故始如处女,敌人开户;后如脱兔,敌不及拒。"

⑤ "百不"句:谓范仲淹来不及充分施展才能即已去世。薶,即埋。九京,即九原,原指晋国卿大夫墓地,此指地下。

⑥ "阿兄"二句：指范纯仁,仲淹第二子,于熙宁七年及元丰八年两度知庆州,其间刚好十年。骐骥,骏马。

⑦ 潭潭：深广貌。

⑧ 折冲：击退敌军。

⑨ 渠：伊,即他。

⑩ 旗旗：旗帜通称。旗,即旌,有羽之旗。

⑪ 思草枯：准备出击。王维《观猎》："草枯鹰眼疾,雪尽马蹄轻。"此以打猎喻作战。

⑫ "智名"句：谓高明的军事家不拘执于具体的声名与战功。《孙子·军形》："故善战者之胜也,无智名,无勇功。"

⑬ "可用"句：谓对异族不必过多使用武力,略施教训即可。《后汉书·邓禹传》载刘秀语："吾折箠笞之,非诸将忧也。"箠,马鞭。笞,鞭挞。

这首诗作于元祐元年(1086)初春。庆州当时为边防重镇,北宋与西夏对峙的前哨。范仲淹与范纯仁都曾知庆州,故此诗先写二范的雄才大略,作为范德孺的陪衬,最后才正面写送别范德孺。全诗十八句,每段六句,章法井然。

　　值得注意的是一、二段之写二范，均是先写其军事才能，然后落到治国安邦上。如首句就极可玩味，"知国"在前，为主，"知兵"在后，为宾，颠倒则失却其意义。写仲淹则归结到他的"活国计"上，惋惜其未能施展治国方略；写纯仁则称"论道经邦正要渠"，推许他为治国之能臣。诗人突出这一点，正是希望范德孺能继承父兄的业绩，因而第三段也同一机杼，由诸将之思军功转为期望他能安边靖国，不要轻启战端，擅开边衅。由此可见，诗中写韬略、武功只是陪衬，经邦治国才是其主旨。这就是诗人的立意匠心之所在。

　　作为一首送别诗，它不写惜别之情，不作临路之叹，而发为论道经邦的雄阔之调，寓送别之意于期许之中。诗人好似在写诗体的史传论赞，雄深雅健，气度不凡；又如韩愈的赠序，力盘硬语，浑灏流转。这正表现出山谷以文为诗的特色。

　　此诗的用韵也别具一格。它一反以换韵标志段落的写法，前后八句各为一平声韵，仅中间二句为一仄声韵，这样中间一段就三换其韵，形成段落的匀称与韵脚的参差错落,正如翁方纲所评:"三段井然,而换韵之法,前偏后伍,伍承弥缝,节奏章法,天然合笋,非经营可到。"(《七言歌行钞·黄诗钞》)

和答钱穆父咏猩猩毛笔①

爱酒醉魂在②,能言机事疏③。平生几两屐④,身后五车书⑤。物色看王会⑥,勋劳在石渠⑦。拔毛能济世⑧,端为谢杨朱⑨。

① 钱穆父:名勰,曾出使高丽,元祐初知开封府。猩猩毛笔:钱勰出使高丽时所得。钱以此笔赠山谷,山谷以诗答之。

② "爱酒"句:猩猩因贪喝酒而被人擒获,其毛被制成笔,故笔上存有其魂。唐裴炎《猩猩铭序》中述及武平封谿县猩猩出没,乡人在路旁设酒及屐,猩猩被诱,前来喝酒着屐,醉后为乡人所获。

③ 能言:指猩猩学人语。《猩猩铭序》引《水经注》语,称猩猩"学人语,若与交言,闻者无不欷歔",机事疏:泄露机密

之事。

④ "平生"句：谓生命短暂。《世说新语·雅量》载阮孚喜屐，尝叹曰："未知一生当著几量（通两，即双）屐!"

⑤ "身后"句：猩猩在身后以其毛笔写出了大量著作。《庄子·天下》："惠施多方，其书五车。"

⑥ 物色：各种物品。王会：帝王大会诸侯。此言在朝会的众多物品中可以见到猩猩毛笔。

⑦ 石渠：汉宫中阁名，藏书之所。

⑧ 拔毛：《孟子·尽心上》："杨子取为我，拔一毛而利天下，不为也。"杨子，战国时思想家杨朱。济世：救助世人。

⑨ 端为：应为。谢：告诉。

这是山谷写于元祐元年的一首咏物诗。前人论咏物诗主张"不即不离"，也就是既不能拘泥又不能脱离所咏之物。山谷此诗之妙，正在于句句不离毛笔，却又能写出人情世态，蕴含人生哲理。首联即咏猩猩的"爱酒"与"能言"二事，但一语双关，兼写猩猩与毛笔。"能言"不仅写猩猩的习性，也指以笔书写，难免泄露机事，再与上句合观，则又具酒后失言之趣。"平生"二句既写猩猩喜欢着屐，其毛笔可用来著书，又兼寓人生有限而文章能超越生命、垂之久远的哲理。毛笔既有如此的功用，故石渠阁中的大量藏书正表征着它的功勋劳绩。尾联归结为赞扬其无私的奉献精神，不啻为一种处世格言。当时钱穆父正任中书舍人，其职司是为朝廷撰写诏命文书。考虑到这一背景，那么山谷此诗更具切合其身份的针对性，通过咏物实际是在劝勉友人，以谨慎处世、勤于著述、拯物济世等品格相勉励。

清人王士禛在《分甘余话》中指出，"咏物诗最难超脱，超脱而复精切则尤难也"，山谷此诗则是"超脱而精切，一字不可移易"。所谓精切，即是切合于毛笔的特点，而超脱则是因物抒情，借物喻理。此诗之所以能"不即不离"，全仗于独特修辞手法的运用，在写笔时处处扣住猩猩的行为特征，又以拟人手法使笔具有人性，人、笔、猩猩三者融而为一，遂生出无穷妙趣，这正是韩愈《毛颖传》的笔法。而作为诗，诗人又将拟人手法与组织典故结合起来，将有关人事的各个典故附会到猩猩与毛笔身上，拟物为人，更增添了俳谐之趣。

送谢公定作竟陵主簿[①]

　　谢公文章如虎豹[②]，至今斑斑在儿孙。竟陵主簿极多闻，万事不理专讨论[③]。涧松无心古须鬣[④]，天球不琢中粹温[⑤]。落笔尘沙百马奔，剧谈风霆九河翻[⑥]。胸中恢疏无怨恩，当官持廉庭不烦[⑦]。吏民欺公亦可忍，慎勿惊鱼使水浑[⑧]。汉滨耆旧今谁存[⑨]？驷马高盖徒纷纷[⑩]。安知四海习凿齿[⑪]，拄笏看度南山云[⑫]。

① 谢公定：名㤚，谢师厚之子。黄庭坚内弟。竟陵：县名，隶复州，今湖北天门。主簿：州县掌管文书等杂务的官。

② "谢公"句：谢公，指公定祖父谢绛（希深），杨亿曾将其文句书于扇，称"此文中虎也"（欧阳修《归田录》）。

③ 万事不理：语出《后汉书·胡广传》。讨论：《论语·宪问》："为命，裨谌草创之，世叔讨论之。"此句写公定心不旁骛，专心研讨学问文章。

④ 鬣：松针，言如马鬣形。

⑤ 天球：玉名，见《尚书·顾命》，孔颖达疏引郑玄说："天球，雍州所贡之玉，色如天者，皆璞，未见琢治。"粹温：纯粹温润。

⑥ 剧谈：疾言，畅谈。九河：黄河的众多支流。

⑦ 庭不烦：为政清静，法令简要。

⑧ "慎勿"句：为政清简，勿使扰民。《淮南子·主术训》："夫水浊则鱼唅，政苛则民乱。"

⑨ 汉滨：汉水之滨。竟陵在汉水之北。耆旧：有威望的长者。

⑩ 驷马高盖：代指高官显宦。盖，车篷，此代指车。

⑪ 四海习凿齿：语出《晋书·习凿齿传》。习凿齿，襄阳人，为桓温主簿，此比谢公定。

⑫ "拄笏"句：写公定萧散简远之态。拄笏，以手版拄颊。《世说新语·简傲》：王徽之为桓温参军，"以手版拄颊云：'西山朝来，致有爽气。'"

这首送人的七古写于元祐元年秋。前八句写谢公定之人品才华，先由其家世及文章渊源叙起。这一段驱遣经史，镕裁故实，以奇拗古拙的笔调勾画出一位博雅君子的形象，有传神写照之妙。首联以虎豹喻其祖之文才，"文章"一语双关，在其常意之外又指涉虎豹的花纹，既如此，则其斑驳之纹自可遗传至儿孙身上。此一联诚为妙喻奇想。再如"涧松"一联，运用古朴苍秀之意象表现其高雅迈俗，别具生新瘦硬、高古朴拙之味，为本诗之警句。其上下句的意象韵味又形成对比映照。上句的老松以其苍颜虬枝，主要表现人物的老成古拙；而下句未加雕琢的璞玉，则重在显其温润的仁者气象的一面。如果说这一联偏于静态描写的话，那么"落笔"一联则气势飞腾，不可遏抑，那奔马轶尘、风雷激荡、九河澜翻的意象，将其才气辞令表现得淋漓尽致。"胸中"句写其胸怀宽厚，不记恩怨，此句承上启下，由写人转为劝勉，希望他能行清简之政，与民休息。这也是诗人反思变法之弊而倡导的一种政治理念。末四句又回到写人上来，以追名逐利的庸俗现实反衬其廓然玄远的胸次情怀。"汉滨"一问感叹古风荡然，而公定的形象则昭示当今还有秉承先贤遗风的达人君子，诗人的劝勉之意亦隐含于这一形象中。

赠 陈 师 道①

陈侯学诗如学道②,又似秋虫噫寒草③。日晏肠鸣不俛眉④,得意古人便忘老⑤。君不见,向来河伯负两河,观海乃知身一蠡⑥。旅床争席方归去⑦,秋水粘天不自多⑧。春风吹园动花鸟,霜月入户寒皎皎。十度欲言九度休⑨,万人丛中一人晓。贫无置锥人所怜⑩,穷到无锥不属天⑪。呻吟成声可管弦⑫,能与不能安足言⑬

① 陈师道:字履常,一字无己,号后山居士,彭城(今江苏徐州)人。诗宗杜甫、黄庭坚,为江西诗派代表作家。

② "陈侯"句:谓后山学诗如修道,一旦彻悟,即脱胎换骨。后山《次韵答秦少章》:"学诗如学仙,时至骨自换。"

③ "又似"句:喻后山诗境凄苦,多穷愁之叹。噫:叹息。

④ 肠鸣:饥肠辘辘。俛眉:低眉。俛,即俯。

⑤ "得意"句:谓得古人意趣(指学诗),便忘己之年老。

⑥ "向来"二句:《庄子·秋水》载河伯(黄河之神)原颇自负,"以天下之美为尽在己",及至见到大海,才自叹渺小,北海若(海神)对河伯说:"尔出于崖涘,观于大海,乃知尔丑。"两河:指黄河,因其下游略呈南北流向,与晋陕间北南流向的一段相对,故云。蠡:贝壳做的瓢,在此读 luó,通螺。

⑦ 旅床争席:《庄子·寓言》载阳子居宿于旅店,主人事之甚恭,及"其反(返)也,舍者(同店旅客)与之争席矣"。争席,表示不拘礼数。此写后山真率随和。

⑧ "秋水"句:写后山虚怀若谷。粘天:滔天,形容水势大。自多:自负。

⑨ "十度"句:惠洪《禅林僧宝传》卷六《云居宏觉膺禅师》:"十度发言九度休去。"此句写后山安于贫穷。其《谢宪台赵史惠米》云:"平生忍欲今忍贫,闭口逢人不少陈。"

⑩ 贫无置锥:极言贫困。

⑪ 穷到无锥:《景德传灯录》卷十一载香严智闲禅师偈:"去年贫,未是贫;今年贫,始是贫。去年无卓锥之地,今年锥也无。"

⑫ 呻吟:指吟诗。可管弦:可配乐歌唱。此句写后山出口成诗。

⑬ "能与"句：写后山作诗时不去考虑别人对其优劣的评价，
　　一任天然自得。

　　元祐元年作于京师，时后山寓居于汴京陈州门。他
家境贫寒，至不能养活妻儿，元丰七年送走其妻儿随岳
父入蜀后，即前往京师，希望能觅取一个安身立命的前
程。山谷对后山的耿介品格、卓越诗才十分推崇，曾在
诗中多次咏及，这首七古就是其中的一篇。全篇十二
句，四句一换韵，从不同的方面对后山的独特性格与人
品作了描绘。后山首先是一个杰出的诗人，故山谷先写
他以诗为自己生命的那种执着与痴迷，即使困穷也不俯
首，一意追踪古人，不知老之将至。接写其为人真率谦
和，安贫自守，不愿向人乞求。"万人丛中一人晓"中虽
未明言此"一人"为谁，不难推想是山谷自道其为后山
的知音。"贫无"二句将其穷态写到极致，但他不怨天
尤人，依旧在诗歌中寻求其生命的价值，因此最后又回
到诗歌上来，而其一任天然的态度又是其率真性格的深
化。要之，山谷为我们勾勒了诗人陈后山的一幅生动完

整的肖像画。

子瞻诗句妙一世乃云效庭坚体盖退
之戏效孟郊樊宗师之比以文滑稽
耳恐后生不解故次韵道之①

我诗如曹郐，浅陋不成邦②。公如大国楚，
吞五湖三江。赤壁风月笛③，玉堂云雾窗④。
句法提一律⑤，坚城受我降⑥。枯松倒涧壑，波
涛所舂撞。万牛挽不前，公乃独力扛⑦。诸人
方嗔点⑧，渠非晁张双⑨。祖怀相识察，床下拜
老庞⑩。小儿未可知⑪，客或许敦庬⑫。诚堪婿
阿巽，买红缠酒缸⑬。

① 以文滑稽：韩愈诗文间杂游戏笔墨，张籍以书责之，韩愈答
　曰："此吾所以为戏耳，比之酒色，不有间乎？"（《答张籍书》）
② "我诗"二句：曹郐：皆周朝诸侯国名。曹在今山东西南
　部，郐亦作桧，在今河南中部。《诗经》中有《曹风》与《桧

风》。《左传·襄公二十九年》记吴公子季札在鲁观周乐，有"自郐以下无讥焉"之说（按：十五国风，桧以下即曹），是为"浅陋"所本。不成邦：为山谷自谦之词。

③ 赤壁：指黄州赤鼻矶，东坡谪居黄州时认作三国大战之赤壁，曾作词赋咏之。

④ 玉堂：指翰林院。时东坡为翰林学士知制诰。

⑤ 句法：即句律、诗律。提：提师，率军之意。提一律：乃以军法治军之严整喻东坡之诗法。

⑥ 坚城：喻东坡。受我降：表钦敬，甘拜下风之意。

⑦ "万牛"二句：写东坡笔力雄健。杜甫《古柏行》："大厦如倾要梁栋，万牛回首丘山重。"韩愈《病中赠张十八》："龙文百斛鼎，笔力可独扛。"

⑧ 嗤点：嗤笑，指点。

⑨ 晁张：晁补之、张耒。双：匹敌。

⑩ "袒怀"二句：为东坡所识拔，遂参拜东坡。老庞，汉末高士庞德公。《三国志·蜀志·庞统传》注引《襄阳记》："（庞）德公，襄阳人。孔明每至其家，独拜床下。"

⑪ 小儿：山谷之子相，小名小德。

⑫ 敦厖（páng）：忠厚老实。

⑬"诚堪"二句：山谷为儿子向东坡提亲事。婿，作动词，犹"为婿"。阿巽为苏轼长子苏迈(伯达)之女。宋代习俗有订婚者多以红彩绸缠酒壶。

山谷五言古诗的雄奇拗硬，从此诗可窥豹一斑。诗作于元祐二年(1087)。诗题交代了写作的缘起，表现了山谷的谦虚。开头四句，以国喻诗，新创奇特，确是道人所未道。在表达自谦的同时，赞扬了东坡诗有泱泱大国之风，还兼喻东坡胸襟阔大，如司马相如《子虚赋》所云"吞若云梦者八九于其胸中"。以下十句具体赞颂东坡之诗境，深致服膺之诚。"赤壁"一联纯以名词构成对仗，概括了东坡的生活境遇，形象而凝炼。"句法"一联转而力盘硬语，以军事拟诗事，将钦佩之意表现得别具一格，取譬设喻匪夷所思。"枯松"以下四句状东坡诗笔之雄健，虽化用杜、韩的诗意，却已构成崭新的意象，其健举的笔力直可力透纸背。其后转入叙交谊以结束全诗，尤其末四句宕开一笔，忽然转而为儿子提亲，出人意表，诙谐幽默，也是一种"以文滑稽"吧。此种笔法

正如山谷所云："作诗正如作杂剧，初时布置，临了须打诨，方是出场。"（《王直方诗话》引）

杜甫、韩愈开以诗论诗的风气，山谷此诗尤以想象的奇特、比喻的巧妙开辟新境。它模拟韩愈的《病中赠张十八》，句法拗崛，用韵险窄，笔力纵恣，堪称"庭坚体"的代表。诗中还参以散文句式，形成流转跌宕的古文气势，有助于传达亲切诙谐的口吻。这些都是典型的山谷作风。

戏 呈 孔 毅 父

管城子无食肉相①，孔方兄有绝交书②。文书功用不经世③，何异丝窠缀露珠。校书著作频诏除，犹能上车问何如④。忽忆僧床同野饭，梦随秋雁到东湖⑤。

---

① 管城子：指笔。韩愈《毛颖传》："秦皇帝使蒙恬赐之汤沐，而封诸管城，号曰管城子。"食肉相：富贵相。《后汉书·班超

传》载相者称超"燕颔虎颈,飞而食肉,此万里侯相也"。

② 孔方兄:指钱。《晋书·隐逸传》载鲁褒《钱神论》,有"亲
之如兄,字曰孔方"语。

③ 文书:文章著作。经世:治理国家。

④ "校书"二句:颜之推《颜氏家训·勉学篇》载梁朝民谚:
"上车不落则著作,体中何如则秘书",讽刺贵族子弟不学
无术,却能担任文学之臣。山谷元丰八年任校书郎,元祐
二年除著作佐郎。此为其自谦之词。

⑤ "忽忆"二句:回忆与孔毅父同在江西时的情景。东湖:在
南昌。

作于元祐二年,时山谷在京师任史官,孔毅父为秘
书丞、集贤校理,二人多有唱和。诗题标以"戏呈",乃
以游戏笔调自抒怀抱。诗人自嘲以笔墨谋生,既不能封
侯,也不能发财,且诗赋文章不能经邦济世,与缀有露珠
的蛛网无异,复以谣谚调侃自己,虽充任文学之臣,实空
疏不学。牢骚之后诗人忽将诗笔转为江湖之思,欲以此
消解心中的垒块不平。此诗颇能体现山谷诗出奇制胜

的特点。他用典不足仅堆垛故实,而是经熔铸锻炼后化为意新语奇的妙句,如首联将"管城子"与"孔方兄"坐实,认假作真,拟物为人,使之具有人的情态举动。钱钟书先生称此种集比喻与比拟为一身的修辞法为"曲喻",诚有化腐朽为神奇之效。本诗的语言拗崛,如首联虽对偶工切,但节奏却为变格,齐整中显出拗折,中四句则用散文句法,盘屈顿挫,末二句又转为抒情笔调,有悠然不尽之味。故方东树评曰:"起雄整,接跌宕,俱入妙,收远韵。"(《昭昧詹言》卷十二)

咏李伯时摹韩幹三马次
苏子由韵简伯时兼寄李德素①

太史琐窗云西垂②,试开三马拂蛛丝。李侯写影韩幹墨③,自有笔如沙画锥④。绝尘超日精爽紧⑤,若失其一望路驰⑥。马官不语臂指挥,乃知仗下非新羁⑦。吾尝览观在垌马⑧,驽骀成列无权奇⑨。缅怀胡沙英妙质⑩,一雄

155

可将十万雌⑪。决非皂枥所成就⑫,天骥生驹
人得之⑬。千金市骨今何有⑭?士或不价五羖
皮⑮。李侯画隐百僚底⑯,初不自期人误知⑰。
戏弄丹青聊卒岁,身如阅世老禅师。

① 李伯时:名公麟,北宋大画家,庐州舒城人,后因病归隐龙
   眠山,世称李龙眠。韩幹:唐代名画家,活动于玄宗开元、
   天宝年间,以画马著名。李德素:名粲(jié),李公麟之弟。
② 太史:指苏辙(子由),时为起居郎。起居郎与起居舍人称
   为左右史。琐窗:刻有连环花纹的窗户,此指苏辙在宫中
   的居处。
③ 李侯:指李公麟。写影:临摹。
④ 笔如沙画锥:颜真卿《述张旭笔法十二意》引褚遂良语:
   "用笔当须如锥画沙,如印印泥。"
⑤ 绝尘超日:形容骏马奔驰之迅疾,亦作骏马名。精爽紧:
   神采奕奕。
⑥ "若失"句:写马精神专注,好像已丧失自我,只顾奔驰向
   前。一,自身。语出《庄子·徐无鬼》。

⑦ 仗下：天子仪仗中的立马，称立仗马。非新羁：非新养
　　之马。

⑧ 坰(jiōng)：远处的郊野。

⑨ 驽骀：劣马。权奇：非凡奇特。

⑩ 胡沙：西域流沙之地。英妙质：指骏马。

⑪ "一雄"句：雄谓刚强，雌谓柔弱，将为统帅。此言一匹骏马
　　可统领十万凡马。

⑫ 皂栈：马槽。

⑬ "天骥"句：天骥，即天马。《史记·大宛列传》载大宛有汗
　　血马。裴骃《集解》称"取五色母马置其下，与交生驹，汗
　　血，因号曰天马子"。

⑭ 千金市骨：《战国策·燕策一》载人君以千金求千里马，其
　　涓人(近侍)以五百金买回千里马骨，人君怒怪之，后不到
　　一年，千里马至者三。市，购买。

⑮ 五羖(gǔ)皮：用百里奚事。百里奚原为虞国大夫，为晋献
　　公所虏，作为秦缪公夫人的陪嫁至秦，后亡命，缪公以五羖
　　(黑色公羊)皮赎之，授以国政，号曰五羖大夫。见《史记·
　　秦本纪》。

⑯ 画隐：以作画为隐居。百僚底：居于卑下的官位。

⑰ "初不"句：谓其多才艺，最初未料会成画家，世人仅以画师
　目之，实出误解。

　　元祐二年作。时山谷与苏氏兄弟、李公麟等俱任京
官。李应苏轼之请摹韩幹三马图，苏辙作诗咏之，山谷
即步其韵作此诗。诗的主题虽为咏马，实借题发挥，表
达了对人才培养任用的见解以及怀才不遇的感慨。诗
从李的高超画艺写起，写到画上的骏马神采非凡，不失
其天马之姿，但"马官"一联跌入惋惜，感叹它们已成驯
良的仗下马，至于牧场上的驽马更是等而下之。在诗情
一路下旋之后，"缅怀"一联复翻出流沙中骏马的飒爽
英姿，指出这次非人工的驯养所能成就。从这种起伏抑
扬中不难读出其背后的人才思想。"千金"以下转为对
人才际遇的感叹，与前文似有游离，诗人借"天骥"一句
的模糊性引出下文。这句诗既有天马落入人手就将英
气殆尽的意思，又可喻君王求才，故能与"千金"句接
榫。诗人感叹古人能不惜代价求天马良驹，这样的求贤
惜才现已难觅踪影。结末写到的李伯时的戏弄丹青、参

禅阅世,即是这种漠视人才导致的结果,也未始不是诗人境况心态的写照。

次韵子瞻题郭熙画山①

黄州逐客未赐环②,江南江北饱看山。玉堂卧对郭熙画③,发兴已在青林间。郭熙官画但荒远④,短纸曲折开秋晚。江村烟外雨脚明,归雁行边余叠嶂⑤坐思黄柑洞庭霜⑥,恨身不如雁随阳⑦。熙今头白有眼力,尚能弄笔映窗光。画取江南好风日,慰此将老镜中发。但熙肯画宽作程,十日五日一水石⑧。

① 郭熙:北宋画家,孟州温县(今属河南)人,师承李成,工山水寒林,其画论集为《林泉高致》一书。苏轼原诗题为《郭熙画秋山平远》。
② 黄州逐客:指苏轼。未赐环:尚未还朝。环谐音还。古代君王赐臣以环,示意召回。

③ "玉堂"句：谓苏轼在翰林院观画。玉堂，即翰林学士院，时苏轼为翰林学士。苏轼所观画为郭熙所作《春江晓景》，画于玉堂中屏，见《蔡宽夫诗话》。

④ 郭熙官画：指郭熙的《秋山平远图》。郭有艺学、待诏之衔，故所作称官画。

⑤ 叠巘(yǎn)：层层叠叠的山峦。

⑥ 洞庭：指太湖。兼指太湖中之洞庭山，一称包山，其地以产柑橘著名。

⑦ "恨身"句：谓恨己不能如雁南飞。

⑧ "但熙"二句：谓让郭熙从容作画，留下真迹。但，只要。宽作程：把作画期限放宽一些。杜甫《戏题王宰画山水图歌》："十日画一水，五日画一石。能事不受相促迫，王宰始肯留真迹。"

　　元祐二年，苏轼题郭熙的《秋山平远图》诗一出，和者甚众，山谷此诗即是其中之一。诗虽为题咏郭熙的秋山图，却由其春江晓景图写起。苏轼谪居黄州时，曾饱览大江南北的山水，如今在玉堂面对郭熙的春山图，不禁重新激发起他登山临水的兴致。有些解诗者将此图与下面所咏的秋山图混为一谈，实为大谬。此处以苏轼观画时的审美感受反映出郭熙画艺的高超，实为下文题咏秋山图作了铺垫。"郭熙"以下正面写自己的观画所感，不仅画面清雅可喜，而且引发了诗人的绵绵乡思。这样的写法以宾衬主，曲折有致。在赞许画作巨大魅力的同时，诗人所传达的是身居官场而心念江湖的吏隐之趣，是超越于一般俗吏的高情远韵，故题画实是抒志。末段表达能得到郭熙赐画的愿望，语气委婉而得体。与上面咏画笔致的酣畅流利相比，这里的诗句更趋散文化，不假修饰，时见拗拙，正是吐露心曲的口吻，如此方显亲切。山谷论诗法曾云："长篇须曲折三致意乃成章耳。"（《王直方诗话》引）此诗虽非长篇大章，却也"曲折驰骤，有江海之观、神龙万里之势"（方东树《昭昧詹言》卷十二评此诗语）。

题郑防画夹五首①（选三）

惠崇烟雨归雁②，坐我潇湘洞庭。

欲唤扁舟归去，故人言是丹青。

折苇枯荷共晚，红榴苦竹同时^③。
睡鸭不知飘雪，寒雀四顾风枝。

子母猿号槲叶^④，山南山北危机^⑤。
世故谁能楄里^⑥？彀中皆是由基^⑦。

① 郑防：未详。画夹：收藏图画的卷册。

② 惠崇：僧人，生活于北宋前期，能诗善画，工鹅鸭雁鹭、江山
小景等题材。

③ "折苇"二句：画家将不同时的事物画于同一幅画中，为古
人作画之一法。钱钟书《管锥编增订》："枯荷雪飘，而榴红
照眼，是亦雪中芭蕉之类耶？李唐《深山避暑图》有丹枫，
叶德辉《观画百咏》卷二叹为'笔妙补天，深得辋川不问四
时之意'。"按："辋川"指王维，他画"雪中芭蕉"，宋人笔记
多有记述，如《梦溪笔谈》卷十七："王维画物，多不问四时，
如画花往往以桃杏芙蓉莲花同画一景。余家所藏摩诘《卧

雪图》有雪中芭蕉,此难与俗人论也。"

④ "子母"句:猿之母子哀号于槲(hú)树丛中。

⑤ 危机:触发危险的因素、机缘。

⑥ 世故:世事。樗(chū)里:樗里子,名疾,秦惠王异母弟,滑稽多智,号"智囊",见《史记》本传。

⑦ 彀(gòu)中:弓箭射程之内。由基:养由基,春秋时楚人,善射。《淮南子·说山训》:"楚王有白猿……使养由基射之,始调弓矫矢,未发而猿拥柱号矣。"

这是一组六言的题画诗,任渊《山谷内集诗注》将它附于元祐二年。这里选的是一、四、五三首。六言诗作为一种诗体,诗人较少染指,山谷偶一为之,常能写得别具意趣。

第一首写惠崇的山水小景,但它未像一般题画诗那样重现画境,仅以"烟雨归雁"一笔带过,重点却在传达观画者恍入真景的幻觉。"坐"字在此用作使动词,化熟为生,将画的神奇魅力顿现于前,使人有置身水乡泽国之感。诗人既认假作真,遂有更天真的想象:要呼唤小舟,回归这美的天地。最后是朋友的提醒方使他回复常态。首句点出画境,二、三句由画幻真,一气直下,结句陡转,又回归画境:章法流贯转折,首尾妙合。

第四首则纯以再现画境为旨。在诗人笔下,不同季节的植物同处画面之中,动物则神态各异。与第一首线性推进的章法不同,这一首诗是由两组对偶句构成的。首联表现意象的并列,强调其共时性,在意态色彩上又有对比。次联则描绘睡鸭与寒雀的不同意态,一静一动,安睡与警觉之态相映成趣。诗人展现的是一个经过幻化的审美世界,表达了人对现实世界的超越,在现实中不可能出现的事象在审美中却可实现。画面的主体显然是萧条的秋景,但其中却有红榴怒放,成为一抹亮色,风雪中有惊雀,也有睡鸭,人们从中自可引出不同的感悟。

第五首由画中猿猴母子的意象生发出人生感慨,具有警世意味。诗人巧妙地熔裁典故,以"柤里子"指代智者,又关合《淮南子》中养由基射猿的故事,引出世事危机四伏,人无论如何聪明,也都处于其射程之中的训诚。无疑这是诗人亲历了人生的艰难坎坷,尤其是政坛上激烈险恶的党争之后,发出的由衷之叹。这两句诗用借代之法,造语奇奥,自是山谷特色。

次韵柳通叟寄王文通[①]

故人昔有凌云赋[②],何意陆沉黄绶间[③]?头白眼花行作吏[④],儿婚女嫁望还山[⑤]。心犹未死杯中物,春不能朱镜里颜。寄语诸公肯湔祓[⑥],割鸡令得近乡关[⑦]。

① 柳通叟、王文通:二人事迹不详。
② 故人:指柳通叟。凌云赋:原指司马相如《大人赋》,《史记·司马相如传》载汉武帝读此赋,"飘飘有凌云之气"。此赞其文才。
③ 陆沉:原谓无水而沉,语出《庄子·则阳》,此谓埋没。黄绶:低级官吏所佩印绶。
④ 行作吏:去做官。嵇康《与山巨源绝交书》:"一行作吏,此

事便废。"

⑤ "儿婚"句：期望儿女之累去除后能归隐山林。《后汉书·
逸民传》载向长(子平)"男女娶嫁既毕"，"遂肆意与同
好……俱游五岳名山"。又《南齐书·萧惠基传》："惠基常
谓所亲曰：'须婚嫁毕，当归老旧庐。'"

⑥ 肯：肯否，肯不肯。湔祓：犹荐拔。源出《战国策·楚策》，
意为洗刷污浊。

⑦ 割鸡：语出《论语·阳货》，此指作县官。

　　山谷常在赠答诗中描写一些怀才不遇之士，借以抒
发抑塞不平的情怀。作于元祐二年的这首七律就属这
类诗篇。首联即以一大转跌感叹其身怀高才却沉沦下
僚，"何意"一问谴责了世道的不公。颔联写其年高昏
瞀仍奔走官场，一旦家累卸去就可望归隐湖山，揭示其
虽身居官场却不慕荣利的品格。颈联表其酒兴犹在，但
盛年不再，含无尽感慨。以上三联，每一联可说都有转
折顿挫，道出了强烈的身世际遇之慨。尾联则吁请在朝
诸公能为其觅一近乡的职位，"割鸡"呼应首联之才高

位卑,章法绵密。此诗以短章写人物,简笔勾勒,写意传神,开合顿宕,感慨深沉。中二联纯用写意之笔,颔联在上下相对中又参以当句的自成对偶,但颈联却奇峰突起,以节奏异常的散文句式成对,奇崛拗硬的句式传达出牢骚不平的情怀。"死"原为不及物动词,"朱"则为色彩词,在此均用为使动意的及物动词,寻常语顿显奇警生新。上联的偶对工切与下联的反常拗格构成了既对立又互补的关系,成为律诗中山谷式的独造之体。

奉答谢公静与荣子邕论狄元规孙少述诗长韵①

谢公遂如此②,宰木已三霜③。无人知句法,秋月自澄江。二子学迈俗,窥杜见牗窗④。试斲郢人鼻,未免伤手创⑤。蟹胥与竹萌⑥,乃不美羊腔⑦。自往见谢公,论诗得濠梁⑧。世方尊两耳⑨,未敢筑受降⑩。丹穴凤凰羽,风林

虎豹章⑪。小谢有家法⑫,闻此不听冰⑬。相思
北风恶,归雁落斜行⑭。

① 谢公静:名恺,谢师厚子。荣子邕:名辑。狄元规:名遵
　　度,山谷舅父李常之岳父。孙少述:不详。

② 谢公:指谢师厚。

③ 宰木:墓上之木。

④ 窥杜:指学习杜甫。见牖窗:初窥门径。

⑤ "试斲"二句:谓二子诗艺尚未成熟高妙。《庄子·徐无
　　鬼》载匠石运斤(斧子),能削去郢人鼻尖的白泥,喻技艺高
　　超。《老子》:"夫代大匠斲者,希有不伤其手矣。"

⑥ 蟹胥:蟹酱,珍奇食品。竹萌:竹笋。

⑦ 羊腔:羊肋,普通食品。

⑧ "自往"二句:谓二子受教于谢师厚,领悟了作诗三昧。
　　《庄子·秋水》载庄子与惠子游于濠梁之上,共论游鱼之
　　乐,惠子问庄子何以知鱼之乐,庄子答曰:"我知之濠
　　上也。"

⑨ "世方"句:言世人贵古贱今。尊两耳:犹言贵耳贱目。

⑩ 筑受降:指筑城接受投降。受降,指受降城。此言二子缺

乏自信,态度自卑。

⑪ "丹穴"二句:喻诗文华美。据《山海经·南次三经》,丹穴
之山有凤凰。

⑫ 小谢:指谢公静。

⑬ 不听冰:不怀疑。狐性多疑,渡河前先要听河冰。

⑭ "归雁"句:谓书信无由寄达。

诗作于元祐二年。黄庭坚喜欢以诗论诗,杜甫已创
为论诗绝句之体,而韩愈则偏好于古体诗中放言纵论诗
人诗艺,山谷此诗更多地继承了韩愈的作风。山谷论诗
尤重"句法"之学,认为句法乃诗学之本,不同的风格都
是通过各自的句法表现出来的。他哀叹谢师厚之殁,其
句法也随之湮没不闻,狄、孙二子却难能可贵地得谢公
之绪余,其子公静当然更是得其家法之真传。山谷自己
曾称:"然庭坚之诗,卒从谢公得句法。"(《黄氏二室墓
志》)句法之学此后也就成为江西诗派的不二法门。山
谷此诗在句法、用韵上则模拟韩愈的《病中赠张十八》,
而又自出机杼。不仅句法顿挫,力盘硬语,而且在修辞

上也力求奇奥,予人以别出心裁之感。如以"匠石挥斤"之事挽合老子语表达未臻化境,既形象又新鲜;以"论诗得濠梁"状默契于心,悠然神会,语妙味永;"不听冰"采《颜氏家训·书证》中之说,别有情趣。凡此都体现出"山谷体"的"以故为新"的特色。

戏答陈季常寄黄州
山中连理松枝二首①

故人折松寄千里,想听万壑风泉音。
谁言五鬛苍烟面②,犹作人间儿女心。

老松连枝亦偶然,红紫事退独参天③。
金沙滩头锁子骨,不妨随俗暂婵娟④。

① 陈季常:陈慥,字季常,少任侠,后折节读书,晚隐于黄州,东坡为作《方山子传》。连理:异根树木,枝条互相连结。
② 谁言:谁料,岂料。五鬛:即五鬛松,又称五粒松,因一簇

有五根松针,故云。苍烟面:形容松树苍劲的姿态。

③ 红紫事:指繁花盛开。

④ "金沙"二句:唐李复言《续玄怪录》载延州有一美妇,多与人交,死后葬于道左。大历中有胡僧来礼拜其墓,称之为"锁骨菩萨",开其墓,见其骨勾结皆如锁状。世传此即观音化身,或称"马郎妇观音",为观音三十二相之一。又《佛祖统纪》卷四十一,说唐宪宗元和年间,有一卖鱼美女,人竟欲娶,她以能诵佛经者试之,终以马氏子通经而嫁之,入马氏门即死,后有老僧至葬所,发墓视之,唯黄金锁子骨存,老僧对众人说:"此乃观音大士也,愍汝等障重,故方便化汝等耳。"禅家称为"金沙滩头马郎妇"(《景德传灯录》卷十三《风穴延沼禅师》)。婵娟:姿态美好,此谓美女。

这两首七绝写于元祐三年(1088),题云"戏答",其实表现了诗人对人生的思考,包孕了人性论、宗教观、美学观等诸方面的内涵,值得含咏品味。

松树的意象在传统文化的积淀中早已成为道德人格的象征,它的虬枝劲干、凌霜傲雪,无不给人以庄严、崇高的审美联想。孔子的一句"岁寒然后知松柏之后凋"(《论语·子罕》),概括了松树的道德审美意蕴。这两首诗的前两句所表述的正是这种境界。"想听万壑风泉音"展现一种浩瀚的胸襟气度,"红紫事退独参天"则标示一种耿介独立的伟岸品节。但是诗人却由不同寻常的连理松枝触发起深一层的联想思考,三、四两句表现的就是这一转折。

第一首中,诗人由松之连理想到刚正严毅的道德境界也包容了儿女柔肠的情感天地。所谓"儿女心"更多地指向由连理所表征出的缠绵的男女之情。这里实际上表达了诗人对一种健全人格的理解和向往,它应是一种刚柔兼济的境界,鲁迅所说"无情未必真豪杰,怜子如何不丈夫",庶几近之。试观玄学及禅学,其理论的核心都指向对情感和生命欲望的超越,但由于它们都以"自然"为归趣,因而又都肯定了生命的本真,由此又导出重情、率真等人生意趣,因而玄和禅的境界都非单纯的枯淡寂灭。山谷诗的意趣与此不无联系。

第二首更是对大乘佛学解脱论的表征。这种解脱是不离世俗生活的,因而有所谓"色即是空,空即是色”,“烦恼即是菩提”、“出淤泥而不染”之类的言说。极而言之,甚至可以通过罪恶淫邪的方式求得涅槃清净的超脱,是所谓“秽解脱法”。延寿《宗镜录》卷二十一有云:“先以欲拘牵,后令入佛智,斯乃非欲之欲,以欲止欲。”如此我们方可理解为何有些僧人也染指艳诗情词,如山谷同时代的惠洪即被目为“浪子和尚”。诗人在此实是表示:人对道德与宗教的追求无需斩断与情感世界的联系,关键在于如何在情感生活中获得超越。

山谷诗词有时也涉笔艳情,有李义山之风,其拗崛瘦硬中也会偶露绮丽柔婉。从这两首诗中我们可以找到某种答案。

听宋宗儒摘阮歌①

翰林尚书宋公子②,文采风流今尚尔。自疑者域是前身③,囊中探丸起人死④。貌如千岁枯松枝,落魄酒中无定止⑤。得钱百万送酒家,一笑不问今余几。手挥琵琶送飞鸿⑥,促弦聒醉惊客起⑦。寒虫催织月笼秋⑧,独雁叫群天拍水。楚国羁臣放十年⑨,汉宫佳人嫁千里⑩。深闺洞房语恩怨⑪,紫燕黄鹂韵桃李⑫。楚狂行歌惊市人⑬,渔父拏舟在菱苇⑭。问君枯木著朱绳⑮,何能道人意中事? 君言此物传数姓,玄璧庚庚有横理⑯。闭门三月传国工⑰,身今亲见阮仲容⑱。我有江南一丘壑⑲,安得与君醉其中,曲肱听君写松风⑳。

① 宋宗儒: 宋祁后代,余不详。摘(tī)阮: 弹奏阮咸。阮咸,一种形似琵琶而圆的乐器,相传为晋阮咸所创制。

② 翰林尚书: 指宋祁,字子京,曾为翰林学士,迁工部尚书。

③ 耆域: 又名耆婆,古印度高僧,擅医术。

④ "囊中"句: 写宋宗儒医术高明,能起死回生。探丸,取出药丸。

⑤ 落魄: 犹落拓,无所拘束。无定止: 行踪不定。

⑥ "手挥"句: 嵇康《赠秀才入军》:"目送归鸿,手挥五弦。"

⑦ 促弦: 加快节奏。聒醉: 惊醒人的醉意。

⑧ 寒虫：指蟋蟀，又名促织，因其鸣声似催人纺织。

⑨ 楚国羁臣：指屈原。

⑩ 汉宫佳人：指王昭君，名嫱，汉元帝宫人，远嫁匈奴呼韩邪单于。

⑪ 洞房：幽深的房室。语恩怨：韩愈《听颖师弹琴》："昵昵儿女语，恩怨相尔汝。"

⑫ 韵桃李：在花间鸣啭歌唱。

⑬ 楚狂行歌：《论语·微子》："楚狂接舆歌而过孔子。"楚狂，楚国的避世狂士。

⑭ "渔父"句：《庄子·渔父》载孔子向渔父请教，渔父"杖挐而引其船"，向孔子布道，终"乃刺船而去，延缘苇间"。挐（ráo），通桡，船桨，此用为动词。葭（jiā）苇，芦苇。

⑮ 枯木：指琴体。朱绳：指琴弦。

⑯ 玄璧：黑色圆玉，此指琴身。庚庚：横的样子。横理：横向的纹理。

⑰ 国工：一国之名工，此指教坊名师。

⑱ 阮仲容：晋阮咸字仲容，阮籍之侄，"竹林七贤"之一。

⑲ 丘壑：山水林泉，指隐居之所，语出《汉书·自叙传》。

⑳ 曲肱：弯曲手臂而枕卧。写松风：描摹松风之音。写，兼

有演奏意,琴曲有《风入松》。

元祐三年作。这首七古以音乐为描写对象,将一次阮咸的演奏写得气象万千、动人心魄。首八句先写宋宗儒的人品才华,他不仅文采风流、医术精湛,更具豪情侠气、状貌不凡,为下面写其演奏起了烘托铺垫的作用。这一段犹如序曲。"手挥"一联始导入演奏的正篇,以下八句以八种意象铺陈出音乐变幻多姿的意境,既有凄凉萧瑟之音,又有慷慨哀怨之怀,再由缠绵悱恻转为欢欣雀跃,终归于狂歌避世、放浪江湖。这段铺叙句句用典,且各联皆为对偶,读来流利畅达,声情并茂,如乐曲中的"华采乐段"。末段九句通过主客对话抒发听乐的感受,先对乐曲的巨大魅力与演奏者的高超技艺表示惊叹,最后在邀约归隐中表现对这一美感世界的无限留恋之情。

山谷这类诗不仅再现了艺术的意境美,更主要的是着意表现蕴含其中的人格魅力、人生境界。正因为此,第一段才要先写演奏者的气质才情,使之与艺术意境辉映融合;而乐曲意境的变化无疑浓缩了人生的各种悲欢离合的生命历程与体验,其归宿则在高蹈遗世,让人生的烦恼在审美中获得化解。诗中繁复的用典不仅有修辞上的功效,更能因其历史文化积淀而激发读者对人生境界的联想与体悟。末段表现听者的心灵共鸣,诗人特为点明"能道人意中事",说明乐曲一方面是演奏者情意的外化,同时也倾吐出听乐者的精神诉求。音乐作为一种中介,使得主客之间达于一种默契,所以诗人才会发出同归丘壑的请求。正是在这三者的互动契合中,音乐以及与之相关的诗才成了诗人理想人格的载体。

题竹石牧牛

子瞻画丛竹、怪石,伯时增前坡牧儿骑牛,甚有意态,戏咏。

野次小峥嵘①,幽篁相倚绿②。阿童三尺箠③,御此老觳觫④。石吾甚爱之,勿遣牛砺角。牛砺角尚可,牛斗残我竹⑤。

① 野次：郊野间。峥嵘：此指怪石。

② 幽篁：深幽的竹林。绿：指竹。《诗经·淇奥》："绿竹猗猗。"

③ 筆：鞭子。

④ 御：驾驭。觳觫(hú sù)：原意为因恐惧而发抖。《孟子·梁惠王上》：有人牵牛过堂下，将以衅钟，齐宣王曰："舍之，吾不忍其觳觫，若无罪而就死地。"此代指牛。

⑤ "石吾"四句：化用古乐府《独漉篇》："独漉独漉，水深泥浊。泥浊尚可，水深杀我。"又李白《独漉篇》："独漉水中泥，水浊不见月。不见月尚可，水深行人没。"钱钟书《管锥编》(一)追溯其源至《诗经·正月》，并列举此后仿构的大量例句(见《毛诗正义》五三《正月》条)。

　　这是黄庭坚为苏轼、李公麟合作的一幅画所写的题画诗，作于元祐三年。诗的前半再现了画面的意境，怪石丛竹之外，更有牧童与老牛的组合，少年的天真与老牛的龙钟相映成趣，意态可掬。后半更是神来之笔，诗人竟对画中人叮咛嘱咐起来，在看似矛盾的话语中表现其爱极而痴的心理，稚拙的口吻中洋溢着一片天趣。这种幻觉式的抒情,一方面渲染出画面的魅力,使人恍觉其真;一方面也传达出画面形象所蕴含的情趣,由此映射出超尘脱俗的精神境界。

此诗风格生新瘦硬,确是典型的山谷体。除上述的奇思妙想之外,诗的语言简净洗炼,且古朴拗拙,也是一大特色。诗押八声韵,句中也有不少入声字,有的句子甚至全用仄声字,读来顿挫有节,有石头般的硬感。在镕铸典故成语时又能别出心裁,如以"峥嵘"、"绿"等形容词及动词"觳觫"作名词用,不仅生新奇特,而且使寻常事物蒙上了一层古雅色彩。后四句化用古谣谚的句律,稚朴古拙,古语翻新,且俗中见雅,宜乎山谷要将此四句诗称为"乃可言至"的得意之笔(吕本中《紫微诗话》)。

老杜浣花溪图引①

拾遗流落锦官城②,故人作尹眼为青③。碧鸡坊西结茅屋④,百花潭水濯冠缨⑤。故衣未补新衣绽,空蟠胸中书万卷。探道欲度羲皇前⑥,论诗未觉国风远⑦。干戈峥嵘暗宇县⑧,杜陵韦曲无鸡犬⑨。老妻稚子具眼前,弟妹飘零不相见。此公乐易真可人⑩,园翁溪友肯卜邻⑪。邻家有酒皆邀去,得意鱼鸟来相亲⑫。浣花酒船散车骑⑬,野墙无主看桃李。宗文守家宗武扶⑭,落日蹇驴驮醉起⑮。愿闻解鞍脱兜鍪⑯,老儒不用千户侯。中原未得平安报,醉里眉攒万国愁⑰。生绡铺墙粉墨落⑱,平生忠义今寂寞。儿呼不苏驴失脚⑲,犹恐醒来有新作。常使诗人拜画图,煎胶续弦千古无⑳。

① 老杜:指杜甫。　浣花溪:在成都西郊,锦江支流,杜甫曾在此结庐而居,是为"草堂"。引:古代的一种诗歌形式。

② 拾遗:指杜甫。他曾被肃宗任为左拾遗,后世遂称杜拾遗。锦官城:成都别称。

③ 故人:指严武。作尹:上元二年(760)十二月以严武为成都尹兼剑南东西两川节度使,宝应元年(762)被召入朝,广

德二年(764)再镇剑南两川,永泰元年(765)卒于任所。眼

为青:犹言青睐。此指对杜甫尊重、照拂。

④ 碧鸡坊:成都坊名,在府城西南。

⑤ 百花潭:潭与浣花溪相连,在草堂之南。

⑥ "探道"句:谓探究大道要追溯至上古时代。羲皇,伏羲氏,
其时民风淳朴。

⑦ "论诗"句:谓杜甫诗上承《诗经》的优良传统。国风,指
《诗经》中的十五国风,借指《诗经》。

⑧ 宇县:天下。

⑨ 杜陵:汉宣帝陵墓所在地,在长安城南,杜氏世居于此。韦
曲:韦氏世居之地,即今长安县。二地合称韦杜,为贵族世
家聚居地。无鸡犬:状劫后荒凉。

⑩ 乐易:乐天真率。可人:合人意。

⑪ 卜邻:选择作为邻居。

⑫ "得意"句:《世说新语·言语》载简文帝入华林园,赞叹景
色宜人:"觉鸟兽禽鱼,自来亲人。"

⑬ "浣花"句:谓来访宾客车船相随,散于草堂附近。此句写
严武率随从来草堂饮酒作客的情景。

⑭ 宗文:杜甫长子。宗武:杜甫幼子。

⑮ "落日"句：写杜甫醉后骑驴的模样。蹇驴，驽钝之驴。宋人多有画杜甫骑驴的画作。

⑯ "愿闻"句：希望战争停息，国泰民安。兜鍪(móu)：头盔。

⑰ 眉攒：皱眉头。万国：万方，各地。

⑱ 生绡：生丝织成的薄绸，用作画布。

⑲ "儿呼"句：谓杜甫醉酒，儿呼不醒，驴步踉跄。

⑳ "煎胶"句：谓杜甫后无来者，其诗成千古绝唱。古有所谓续弦胶，以凤喙麟角合煮而成，无比坚牢，见张华《博物志》。杜牧《读韩杜集》："天外凤凰谁得髓，无人解合续弦胶。"

元祐三年作。这首诗是诗人在观赏《浣花溪图》之后所写的一首表现杜甫在成都草堂时期生活境遇的作品。诗的主旨不在于咏图，而是借图生发，展示老杜这一时期的性格风貌和他的精神境界。从诗中所咏来看，哪些情景属于图中所绘，哪些内容是诗人的想象揣摩之词，作者未作明确的标示。或者认为"蹇驴驮醉"一节为图中所有，因其间插入"生绡"一句，不无道理。或许此图是一长卷,展示了杜甫的各种生活情态,也未可知。但这都不妨碍我们欣赏诗人所描摹出的栩栩如生的杜甫形象。在描写中作者能把握住草堂时期杜甫生活的特征,以写生的笔法予以生动的展现。杜甫经过颠沛流离之后,终于能在成都安顿下来,这是他坎坷一生中难得的一段安定的日子,但是时世的艰危又使他不能安于现状。诗中既写到他与家人团聚的天伦之乐,与乡亲及友人的亲切交往,以及怡情自然的从容闲适,更表现出他思念亲人、心忧天下的博大深沉的情怀,忧喜交织,情韵丰厚,如睹其人。这首七古以赋体笔法铺陈其事,气度沉稳,笔致畅达,舒展自如,写杜甫的形象既绘其形,又传其神,且融化进杜诗中的相关诗句与事实,组织得天衣无缝,真可谓"无一字无来处"。

寺斋睡起二首[①]

小黠大痴螗捕蝉[②],有余不足蠪怜蛃[③]。
退食归来北窗梦[④],一江风月趁渔船。

桃李无言一再风⑤，黄鹂惟见绿葱葱。人言九事八为律⑥，倘有江船吾欲东。

① 寺斋：指黄庭坚在汴京时寓居的醴池寺斋房。

② "小黠"句：《庄子·山木》载庄周执弹弓伺机弹一"异鹊"，又见一蝉在树上的"美荫"中，螳螂在其身后准备捕获它，鹊又想得到螳螂。韩愈《送穷文》："驱我令去，小黠大痴。"黠(xiá)：聪明狡猾。

③ "有余"句：《庄子·秋水》："夔怜蚿，蚿怜蛇，蛇怜风，风怜目，目怜心。"夔：传说中的独脚兽。蚿(xián)：多足的虫。《老子》七十七章："有余者损之，不足者补之。天之道，损有余而补不足。"此用其字面。怜：《庄子》旧注作"羡"解，在此兼作怜悯解。

④ 退食：指办公结束后回家吃饭。《诗·羔羊》："自公退食。"北窗梦：陶渊明《与子俨等疏》："五六月中，北窗下卧，遇凉风暂至，自谓是羲皇上人。"

⑤ 桃李无言：《史记·李将军传赞》："谚曰：'桃李不言，下自成蹊。'"

⑥ "人言"句：《汉书·主父偃传》："所言九事，其八事为

律令。"

这两首七绝作于元祐四年春,所写虽只是琐事杂感,却反映了政局的动荡变迁及诗人抽身官场的归隐意向。虽说元祐年间是苏黄等人仕途的黄金时期,但剧烈的党争使他们越来越难于在朝立足,以致萌生归志或请求外任。是年东坡为台谏所攻,求出补外。山谷也不容于时,在完成《神宗实录》后理应升迁,却受到多次阻遏,仍为著作佐郎。明乎此一背景方能深入理解诗中的去意。

第一首诗的首联,化用《庄子》中的两个寓言,说明人世中的智愚巧拙、顺逆穷达都只有相对的意义,其巧诈相倾、计谋相角,自以为得计,殊不知危机伺后,仍在他人的算计之中,是所谓"小黠大痴",它与这些虫儿的愚昧又有何异!故诗人企求摆脱羁绊,投身江湖。杜甫在《缚鸡行》的最后咏道:"鸡虫得失无了时,注目寒江倚山阁。"山谷此诗的后二句与杜诗有异曲同工之妙。

第二首开头两句写花事褪去,绿树成荫,显然是暮春景象。细味之，则桃李的意象更有深意存焉。《史记》用它是对李广人品的赞美，然则此诗的桃李当不无喻指东坡诸贤的寓意。"不言"非谓其默然不语，无所建言，而是指其身为典型，自具一种无言的人格魅力；"一再风"则喻其不断受到攻讦而难于立朝。后二句同样表达了归隐江湖之志，而"人言"句则指台谏议论纷纷，十之八九为深文罗织，欲陷其于法网。"人言"之与"无言"恰成鲜明对比，人格之优劣于此凸显。

山谷此类绝句以议论见胜，峻拔隽永，凝聚了深刻的人生经验，其造语往往精警如格言，但又巧妙地化用典故意象，故不致枯涩乏味，而能启人以丰富的联想。有时还借助词语的多义性拓展了诠释的空间，如"有余"句中，因"怜"的兼义性使得"有余不足"也具有了复义性。若"怜"为怜悯，则夔以自己的"一足"为"有余"，反可怜蚿之多足为"不足"；若作"羡"解，则夔自认为"不足"，慕蚿之"有余"：无论作何种理解，都在说明二者的相对性。第二首中的"风"、"绿葱葱"，均求修辞之新奇；"人言"句直接引用《汉书》语而具古朴含蓄之味：这些都体现了山谷诗之创辟求新的特点。

小 山 集 序①

晏叔原，临淄公之莫子也②。磊隗权奇③，疏于顾忌，文章翰墨，自立规摹④，常欲轩轾人⑤，而不受世之轻重。诸公虽爱之，而又以小谨望之⑥，遂陆沉于下位⑦。平生潜心六艺⑧，玩思百家⑨，持论甚高，未尝以沽世⑩。余尝怪而问焉，曰："我槃跚教卒⑪，犹获罪于诸公，愤而吐之，是唾人面也⑫。"乃独嬉弄于乐府之余⑬，而寓以诗人句法，清壮顿挫，能动摇人心，士大夫传之，以为有临淄之风尔⑭，罕能味其言也⑮。

余尝论："叔原固人英也，其痴亦自绝人。"爱叔原者，皆愠而问其目。曰："仕宦连蹇⑯，而不能一傍贵人之门，是一痴也；论文自有体⑰,不肯一作新进士语⑱,此又一痴也;费资千百万,家人寒饥,而面有孺子之色⑲,此又一痴也;人百负之而不恨,已信人,终不疑其欺己,此又一痴也。"乃共以为然。虽若此,至其乐府⑳,可谓狭邪之大雅㉑,豪士之鼓吹㉒,其合者,《高唐》《洛神》之流㉓;其下者,岂减桃叶、团扇哉㉔?

余少时间作乐府㉕,以使酒玩世㉖。道人法秀独罪余以笔墨劝淫,于我法中,当下犁舌之狱㉗。特未见叔原之作耶!虽然,彼富贵得意,室有倩盼慧女㉘,而主人好文,必当市购千金,家求善本,曰"独不得与叔原同时"耶!若乃妙年美士,近知酒色之娱;苦节臞儒,晚悟裙裾之乐㉙,鼓之舞之,使宴安酖毒而不悔,是则叔原之罪也哉㉚!

① 小山集:北宋词人晏几道词集。

② 晏叔原：晏几道字叔原，号小山，晏殊第七子。临淄公：晏殊，爵封临淄公。莫：通暮。此指排行小。

③ 磊隗：即磊块，犹言磊落，喻人之俊伟。权奇：奇特不凡。

④ 规摹：即规模，此指文章的体制风格。

⑤ 轩轾(zhì)：轻重高低，指褒贬、批评。

⑥ 小谨：注意细微末节，即谨小慎微。望之：期望他。

⑦ 陆沉：语出《庄子·则阳》，原义无水而沉，此指沉沦、埋没。

⑧ 六艺：儒家六经。

⑨ 百家：诸子百家。

⑩ 沽世：为世所用，获取功名。沽，即酤，买或卖，此用后一义。

⑪ 槃跚敩窣(bó sù)：皆为脚步不稳、跛行之貌。

⑫ "愤而"二句：谓如尽吐胸中积愤，势必触犯别人。

⑬ 乐府之余：指词。词因合乐歌唱，乃由古代乐府演变而来，故云。

⑭ "以为"句：认为小山词有其父晏殊的遗风。

⑮ "罕能"句：很少能体会到小山词中的深意。

⑯ 连蹇(jiǎn)：艰难，命运坎坷。

⑰ 体：规矩法度。

⑱ 新进士：新登科第、初入仕途者。此特指当时趋奉新法、新学的投机者、暴发户。

⑲ 孺子：幼儿。

⑳ 乐府：指词。下同。

㉑ 狭邪：即狭斜，小路曲巷，后指娼妓居处。此代指风流倜傥的生活。大雅：原为《诗经》的一部分，引申为正声。此称小山词风流艳丽而能归于雅正。

㉒ 鼓吹：原为乐歌名，声情雄壮，由打击乐及吹奏乐组成。此犹言壮歌。

㉓ 合者：犹言合作，指符合法度、标准的作品。《高唐》：指宋玉《高唐赋》。《洛神》：指曹植《洛神赋》。

㉔ 桃叶：《桃叶歌》，晋王献之为其妾桃叶所作。团扇：指汉班婕好所作《怨歌行》，诗中以团扇自喻身世。二诗皆为情歌。

㉕ 间：间或，有时。

㉖ 使酒：借酒任性放纵。

㉗ "道人"三句：释惠洪《禅林僧宝传》卷二十六载法秀禅师告诫山谷："汝以艳语动天下人淫心，不止马腹，正恐生泥犁中耳！"我法：指佛法。犁舌：当作泥犁，梵语地狱之意。

㉘ 倩盼：美丽动人。《诗·卫风·硕人》："巧笑倩兮，美目
盼兮。"

㉙ "苦节"二句：谓刻苦持节之清瘦儒者，暮年时也体悟到了
妇人之乐。《四部丛刊》本《豫章黄先生文集》"晚悟"作
"晚恨"，与文义相悖，今据明万历本改。

㉚ "鼓之"三句：谓贪图歌舞享乐，犹如饮鸩服毒而不后悔，这
难道是叔原的罪过吗？宴安酖毒，语出《左传·闵公元
年》，意为安逸的生活如同饮毒酒。酖，同鸩，指用鸩鸟有
毒的羽毛浸泡的酒。

山谷为晏几道的词集作序可能在元祐中，其时几道
已五十余岁，退居京城赐第。其《小山词》自序称："七
月己巳，为高平公缀缉成编。"据学者考证，范姓望出高
平，宋人称范仲淹父子为"高平公"，几道所称殆范纯
仁，纯仁于元祐四年知颍昌府，是年七月适有己巳日
(参见夏承焘《唐宋词人年谱·二晏年谱》)。山谷序当
作于此年或其后。

此序运笔天矫奇崛，异于一般的应酬之作。作为一

篇序文,它不是仅评介其作品,而是首先着墨于作者的人品,从而揭示作品风格的内在底蕴,体现了"文如其人"这一传统的古训。因而此文不妨可作为人物特写来欣赏。人品与作品这两个方面交织于序文中,成为其基本架构。第一、第二两段均由人品写至其作品。几道原本出身富贵,以后却遭遇家道败落。但身为贵介公子,他仍保持了耿介独立、豪俊不羁的性格,以至于陆沉下位,潦倒以终。第一段一上来就概括了几道的为人和为文,如高屋建瓴,笼罩全篇。第二段描述几道的四"痴",连类排比,气盛笔酣,从不同的侧面更具象化地展现了他超群拔俗、赤诚真率的性格特征,在尘世浊流中尤显其性情中人的人格魅力。基于这种人格境界,小山词虽多以艳情为主题,却寄寓了真性情、高品格,不可目为单纯的艳歌。如果说第一段中主要从风格的层面来评介其词,那么第二段则上升至境界、品位的层面。故无论是人品还是作品,第二段对第一段皆是一种递进和深化。第三段转换笔法,乃由作品而及于人品。写作品则以自己早年的"笔墨劝淫"反衬叔原作品之格高,写人品则视角转至作品的接受者。其一是富贵好文者能受其作品的感染熏陶，其二是贪图酒色者，他们的作为不能由小山负其罪咎：从正反两个不同的方面深化了他作品的价值与品位。如此就从另外的角度总结了叔原的人品与词品。

这篇序文笔致腾挪，笔法多变，叙中寓议，既有精辟概括，又有生动勾勒，其中还穿插不同类型的问答。在表述上，时拗崛其意，尤其第三段，作者不从正面去表述其意，而是罗列出几种不同的情况，让人琢磨出它的言外之意，有深折的韵味。

跋东坡论画

陆平原之图形于影，未尽捧心之妍；察火于灰，不睹燎原之实，故问道存乎其人，观物必造其质①，此论与东坡照壁语托类不同②，而实契也。又曰：情见于物，虽近犹疏；神藏于形，虽远则密。是以仪天步晷，而修短可量；临渊揆水,而浅深可测③。此论则如语密而意疏,不如东坡得之濠上也④。虽然,笔墨之妙,至于心手不能相为南北,而有数存焉于其间⑤,则意之所在者,犹是国师天津桥南看弄胡孙,西川观竞渡处耳⑥。予尝见吴生《佛入涅槃》画⑦,波旬皆作舞⑧,而大波旬醖藉徐行,喜气漏于眉宇之间,此亦得之笔墨之外。或有益于程氏⑨,故并书之。

① "陆平原"六句:晋陆机《演连珠》:"臣闻图形于影,未尽纤丽之容;察火于灰,不睹洪赫之烈。是以问道存乎其人,观物必造其质。"陆机字平原。捧心:《庄子·天运》:"西施病心而颦(pín,皱眉)其里,其里之丑人见之而美之,归亦捧心而颦其里。"

② 东坡照壁语:苏轼《传神记》:"传神之难在目。顾虎头(东晋画家顾恺之)云:'传形写影,都在阿堵中。'其次在颧颊。吾尝于灯下顾自见颊影,使人就壁模之,不作眉目。见者皆失笑,知其为吾也。"又《书吴道子画后》:"道子画人物,

如以灯取影,逆来顺往,旁见侧出,横斜平直,各相乘除,得
自然之数,不差毫末。"

③ "又曰"九句:陆机《演连珠》:"臣闻情见于物,虽远犹疏;
神藏于形,虽近则密。是以仪天步晷,而修短可量;临渊揆
水,而浅深难察。"疏,清晰。密,掩藏,看不清。仪天,以仪
器测天。步晷,依日晷推算日月星辰之运行。山谷所引与
陆机原文有异。陆机原意是远者清晰可见,近者反深藏难
察。山谷所引谓虽近却疏远,虽远却能详察。疏、密二字
与陆机原意正相反,但总的意思与陆机无异。

④ 得之濠上:用庄子与惠子论鱼之乐事,见《庄子·秋水》。
参见《奉答谢公静与荣子邕论狄元规孙少述诗长韵》注⑧。

⑤ "而有"句:《庄子·天道》记轮扁斲轮事,轮扁曰:"不徐不
疾,得之于手而应于心,口不能言,有数存焉于其间。"数,
犹术,诀窍,规律。

⑥ "则意"三句:《景德传灯录》卷五载唐代宗时有西天大耳
三藏到京,有"他心通"之术,帝命他与慧忠国师试验此术,
国师问:"汝道老僧即今在什么处?"答曰:"和尚是一国之
师,何得却去西川看竞渡?"国师再问,又答曰:"何得却在
天津桥上看弄猢狲?"胡孙:即猢狲。钱钟书《管锥编》

(三)论陆机《演连珠》释此:"黄若曰:得心应手,固是高境,然神妙处往往非初心所及,出意计之外,有同幸偶;'有数'即《文赋》所谓'非余力'也。"按《文赋》:"虽兹物之在我,非余力之所戮。"即创作非自己的力量所能驾驭。

⑦ 吴生:唐代大画家吴道子。

⑧ 波旬:释迦牟尼在世时之魔王名,常随逐佛及诸弟子,企图扰乱之。

⑨ 程氏:苏轼《传神记》:"南都程怀立,众称其能,于传吾神,大得其全。怀立举止如诸生,萧然有意于笔墨之外者也,故以吾所闻助发云。"据此,则山谷所跋即东坡此文。

山谷关于诗文书画等艺事的题跋甚多,每出语精警,能得个中三昧。此文是其论画的一篇题跋,所跋为东坡写给程怀立的《传神记》一文。揆之情理,跋文当作于同时或稍后,故很可能在元祐元年至四年四月苏黄同在京师时。

苏文及黄跋所论都是当时画论中的一个核心问题,即传神。形神问题在中国画论中可谓所从来远矣,而其受到特别的关注则在宋代,它是伴随着文人画思潮的兴起而成为瞩目的焦点的。传神论在人物画领域中显得尤为突出。它强调绘画要传达出对象的神韵风采、性情特征,说到底,它又是与宋人重人格修养的时代思潮密切相关的。至于如何传神,宋人也表现出与前人不同的理论倾向,这就是苏黄在记与跋中所表达的主旨所在。

山谷先引陆机《演连珠》中的一段论述,然后对照苏轼所论,得出了"托类不同而实契"的结论。其"契"在于都要把握对象的本质,但陆机重在对事物本身的观察与表现,否则就不能尽态极妍,获取全貌。而苏黄更关注"神"的传达,强调凸现最能传神的部位特征,甚至可以脱略形似以求突显神韵。山谷进而通过曲笔再引陆机之论,在远近关系中更重远,从而强化了这一观点。这种异同反映了中国绘画美学由早期的以形求神、神从形出到后来的突破形似而求神韵意趣的发展趋向,它标志了文人画观念的确立。在此基础上,山谷进一步揭示了艺术创作活动的神妙莫测,它不是简单地用"得心应手"所能概括的。艺术家在创作中的神游天地,犹如国师之想落天外，思无定所，诚所谓"精骛八极，心游万仞"（《文赋》），其中的"数"非人力所能完全驾驭。对此钱钟书先生所论极是。文章最后转而以吴道子的画说明了传神所达到的具体效果，它是超越于画面形象而予人以丰富的遐想的，即"得之笔墨之外"，如同司空图论诗所云"象外之象"、"味外之旨"。这就是文人画的笔墨意趣。

山谷此跋笔简意赅，小小一篇跋文将绘画创作的前后过程，从观察、构思到运笔、表现，乃至笔墨效果都作了精辟表述。但其笔法却腾挪闪跌，别有韵致。他避开一般文章的正面论述，全文从头至尾都是引述、举例，作者只是在中间稍加点拨，其真意需读者自己去体味、领悟，自可见仁见智。其妙处正如他论画所云："此亦得之笔墨之外。"

三、贬谪黔戎至流寓江汉（1095—1103）

绍圣二年（1095）正月，庭坚在长兄大临（元明）的陪同下登上了远谪的旅途。元明先是陪他到陈留待命，如今又直接从陈留出发，向西南行进，至江陵，再溯江而上。三月抵峡州，治所夷陵（今湖北宜昌），它是三峡的东大门。他们泊舟下牢关，游三游洞、黄牛庙。途中庭坚作《竹枝词》二首：

撑崖拄谷蝮蛇愁，入箐攀天猿掉头。鬼门关外莫言远，五十三驿是皇州。

浮云一百八盘萦，落日四十八渡明。鬼门关外莫言远，四海一家皆弟兄。

他将这两首歌词交"与巴娘,令以《竹枝》歌之"(《题古乐府后》)。鬼门关在奉节(今属重庆)东北,相传前人在关头题曰:"自此以往更不理会在生日月。"似乎一出此地就没有生还的希望,只好浑噩度日;但在庭坚眼里,关外依然是"皇州",人民同样是"弟兄"。两首《竹枝词》表露了他超乎常人的达观心胸。他在文中写到渡鬼门关时,"某顾伯氏元明而笑,元明盖惨如也"(《书自书楞严经后》),就是其心境的生动写照。

四月二十三日庭坚一行到达黔州,州治彭水县在四川东南部。庭坚居住在摩围山下的开元寺,元明陪伴他住到六月,终于在十三日挥泪相别。这年冬天庭坚作七律《和答元明黔南赠别》,字里行间充溢着手足深情。庭坚此行未带家眷,二弟知命于秋天携眷属及庭坚子相与其生母入蜀,三年五月抵黔,家人得以团聚。

在新的天地里,他努力调节自我以适应环境,亲自经营居室,买田种菜,维持生计;还养花种竹,与禽鸟相乐,放笔作书,并爱上了弈棋。写诗几至搁笔,长短句歌曲倒写得多了起来。

出于全身避祸的考虑,他尽量减少交往,甚至闭门谢客,但地方官对他却不以罪臣相待,而是相当敬重,照拂有加。初到时知州为曹谱(伯达),通判为张戬(茂宗),庭坚在书信中称他们待他"如骨肉","相待甚厚,为幸不细也"(《答泸州安抚王补之》)。王补之即泸州知州王献可,他与庭坚书信来往频繁,对庭坚的生活多有资助,使逆境中的庭坚非常感激。补之以知州兼安抚使,守边抚民,颇著政绩,庭坚在信中多有赞颂。他还不止一次向补之推荐人才,他们被录用后都很干练称职。这些行止说明庭坚的生活并不是与世隔绝的。

他的文名与才华还吸引了远近的文人学子来向他求教请益,他也乐于指点他们,不仅切磋学问,更勉以求道进德之业。其中值得一提的有杨皓(明叔),眉州丹稜人,可能在黔中做县尉之类的小官。庭坚很推许他的人品才华,不仅与他谈艺论道,而且勉励他将道义付诸实践。如有一次庭坚遇到一个落难的家乡人,因病重被雇佣他的客商丢弃,庭坚救起此人后,就嘱明叔派人处置此事。即使在离开黔州后庭坚仍在书信及赠诗中谆谆教诲他,如书赠魏徵的《砥柱铭》,以中流砥柱的节操相期许;在《次韵杨明叔四首》中希望他"耕礼义之田而深其耒",对他"期之以远大者"。

元符元年(1098)春天,庭坚为避外兄张向之嫌迁戎州。张向乃庭坚姨表兄,时任提举夔州路常平,是他主动向朝廷上奏要求将庭坚迁徙的,此举刚好投合了当权者进一步处罚庭坚的意图。戎州治所僰道即今四川宜宾,远在黔州之西,地方更加僻远了。

三月离黔,六月抵戎,先寓居南寺,后在城南赁屋,题为"任运堂",又在无等院借地盖了一所屋子,名曰"槁木庵"。这些名称表明他力图以随缘任运的态度来面对逆境,使心如枯木死灰,置生死荣辱于度外,在自然、亲情、友谊中安顿自己的生命。他在书信中如此描述:"既不出谒,所与游者亦不多,山花野草,微风动摇,以此终日。衣食所资,随缘厚薄,更不劳治也。此方米面既胜黔中,饱饭摩腹,婆娑以卒岁耳。"(《与宋子茂书》)坦然旷达的心境历历可见。

戎州地方官对他也相当礼遇,知州彭道微常派人来料理他的生活。随着时间的推移，他的交游也有所扩展，前来求教的文人学子也日益增多，他也乐于接待指点，《答王周彦书》称："凡儒衣冠、怀刺袖文、济济而及吾门者，无不接。"有时他会带领诸生出游，如《张仲吉绿阴堂记》述其与诸生游张氏园林，"花竹成阴，啼鸟鸣蛙，常与人意相值；或时把酒至夜漏下二十刻，云阴雷风，与诸生冲雨踏泥而归，诸生从予未尝有厌倦焉"，兴致之高，可以想见。看来他已逐步从自我封闭的圈子中走出来，结交了一批志同道合的朋友。

在戎州庭坚与之交往较密切的友人可以举出以下数人。

王蕃，字观复，文正公王曾之后，时官阆州（今四川阆中）节度推官。他虽位卑职微，却不是一个俗吏，他雅好艺文，将自己的作品寄给庭坚请求斧正，还将收集到的庭坚作品编为一集，寄给庭坚审订。庭坚称其作品："璆琳琅玕，森然在列，如行山阴道中，风光物采，来照映人，顾接不暇，后生可畏！"（《答王观复》）评价可谓不俗。庭坚在书信中与他切磋艺文，其中有三封长信集中讨论文学创作方面的一些根本问题,是了解黄庭坚文艺思想的重要文献,弥足珍贵。从信中得知,庭坚将早年在叶县时所作的旧诗一卷连同其他一些作品寄赠给他,颇有传授衣钵的意味。

黄斌老,戎州属官,与庭坚通谱,过从甚密。他是文同妻侄,故其墨竹画能得文与可真传。斌老弟彝,原字与迪,庭坚为改字子舟,亦工画竹。庭坚与他们的友谊不仅出于共同的美学趣尚,而且还有思想契合的基础。庭坚有诗云:"二宗性清真,俱抱岁寒节。常思风云会,为国奋忠烈。道方沧波颓,位有豺虎窃。"(《次韵斌老冬至书怀示子舟篇未见及之作因以赠子真归》)此诗披露了庭坚与他们共同的不满现实的思想倾向,言词之峻刻在后期的山谷诗中也是不多见的。他们也都有在禅悦中消融不平的精神诉求。共同的抱负、际遇、志趣缔造了他们的友谊。

王庠,字周彦,荣州(今四川荣县)人,好学而有高行,曾将荫补的机会让与其弟,再让与其甥、侄。庭坚对其人品甚为推崇,称他"衣冠之领袖也,其人深中笃厚,虽中州不易得也"（《与荣州薛使君书》）。王庠是苏轼之兄婿，王之结识庭坚也是通过了远在惠州的苏轼的介绍。苏轼在《与鲁直书》中谓周彦"文行皆超然，笔力有余，出语不凡，可收为吾党也"，可见他们虽在流放的困境中，却都很注重搜求志同道合之士，使事业的薪火相传不绝。

杨素翁，眉州丹棱人，任侠仗义，称雄乡里。他听说庭坚拟将杜甫流寓西川及夔州时的诗作刻石传世，就前往戎州拜访庭坚，表示愿意承担此事。庭坚在《刻杜子美巴蜀诗序》中记述了事件的始末，他酝酿这样一个计划，是要"使大雅之音久湮没而复盈三巴之耳"，天赐良缘，适逢"奇士"杨素翁，于是"攻坚石，募善工，约以丹棱之麦三食新而毕，作堂以宇之"，庭坚"悉书遗之"，将堂命名为"大雅堂"，并作《大雅堂记》。这是一项巨大的文化工程，即以书法论，也是一笔丰硕的遗产，可惜在岁月的淘洗中亡佚了。

元符三年（1100），哲宗病死，其弟端王赵佶继位，是为徽宗。即位之初，徽宗标榜"大公至正"，要消弭党争,安邦定国,故改元"建中靖国",政局也有所变动,一些元祐旧臣被陆续起用或内徙。庭坚对此感到欣喜,对徽宗也寄托了较多的希望,有诗云:"群心爱戴葵倾日,万事驱除叶陨霜。玉烛时和君会否?旧臣重叠起南荒。"(《次韵少激甘露降太守居桃叶上》)从元符三年五月起,他的一些官职得到了恢复,还除知舒州,但被他推辞了。十二月离戎州东归,送行者络绎不绝,依依惜别之情感人。

从此,黄庭坚又开始了新的流寓生涯。建中靖国元年(1101)四月到江陵(荆南),知府马瑊(中玉)对他相当敬重厚待。此时庭坚患了痈疽,只得留滞荆南,直至次年正月。

政局的新变、处境的改善虽然给予他新的希望,但他对命运的升沉荣辱已很淡漠。他以病弱为由辞去了吏部员外郎之命,只求"江淮一合入差遣"维持余生。这一时期亲友的凋零更增添了他的感伤迟暮。元符三年弟叔达卒于南归途中,秦观卒于藤州,次年苏轼卒于常州,陈师道卒于京师,凡此都令他悲悼不已。在江陵他登上荆江亭，写下了《病起荆江亭即事十首》，表达了对身世和时局的深沉感怀，后六首分咏知交故旧，悼念已死的元老重臣，实乃寄意徽宗，刷新朝政，因此呼吁："不须要出我门下，实用人材即至公。"但是"建中靖国"的局面维持了仅一年，即为"崇宁"（崇奉熙宁）所取代，黄庭坚也因此再遭厄运，其起因即是此时写的一篇《承天院塔记》。

江陵有一座承天寺，寺僧智珠建了一座七层宝塔，请庭坚为之作记，他就写了此文。记成刻石，知府马瑊在寺中宴请同僚，饭后绕塔观赏刻成的碑文，转运判官陈举等表示愿将名字刻于碑上，庭坚不答。陈举从此怀恨在心，伺机报复。他了解到庭坚与赵挺之有隙，赵此时正高踞执政之位，陈举就以墨本上报朝廷，谓此文"幸灾谤国"，终于导致他远贬宜州。其实此文与"幸灾谤国"毫无关涉，只是其中写到"国家无大军旅勤民丁赋之政，则蝗旱水溢，或疾疫连数十州"，仅是表述了"非人力所能胜"的一种客观状况，不意竟成为罗织罪名的一个证据。

崇宁元年(1102)标志着政局的根本转变。徽宗接受曾布"绍述"之说,变法改元,接着蔡京拜相,开始了全面的政治整肃。九月立"元祐党人碑"于端礼门,徽宗手书一百二十人"奸党"姓名,并禁元祐学术。三年又重定此碑,增至三百零九人,甚至囊括了一些新党人士,颁行全国,立石诸州。

庭坚在崇宁元年正月由江陵返乡探亲,并前往萍乡省其兄大临,其时大临知萍乡县。六月受命领太平州事,九日到任,十七日即罢官,演出了政治舞台上的一幕旷古奇剧。罢官的次日,州衙设宴,诗人郭祥正也在座,庭坚即席赋《木兰花令》示之,感叹"江山依旧云空碧,昨日主人今日客",但最后归为无分宾主的旷达。

罢官后溯江西上,准备卜居荆南。九月至鄂州,系舟武昌(今湖北鄂州市)樊口,一年多内他盘桓于大江南北的鄂州与黄州。在武昌,他写下了传诵千古的《武昌松风阁》诗,此诗意境雄阔超迈,脍炙人口;尤可欣慰的是,山谷手书此诗的真迹有幸能留传至今,那雄放遒劲的书法让后世的无数学子激赏规摹。

崇宁二年十一月,因"幸灾谤国"的罪名"除名编管宜州",也就是革去一切名分而流放宜州(今属广西),由此展开了庭坚生命的最后一程。

和答元明黔南赠别[①]

万里相看忘逆旅[②],三声清泪落离觞[③]。朝云往日攀天梦[④],夜雨何时对榻凉?急雪脊令相并影[⑤],惊风鸿雁不成行。归舟天际常回首[⑥],从此频书慰断肠。

① 元明:山谷长兄黄大临字。黔南:指黔州,宋属夔州路,治彭水县。赠别:山谷贬涪州别驾、黔州安置,元明亲送至黔,淹留数月,于绍圣二年六月十三日离黔。此诗冬时所作,盖别后追和元明诗。

② 逆旅:客舍,旅馆。

③ 三声清泪:《水经注·江水二》引渔歌曰:"巴东三峡巫峡长,猿鸣三声泪沾裳。"

④ 朝云：宋玉《高唐赋序》载巫山神女对楚王语："且为朝云，暮为行雨。"

⑤ 脊令：鸟名，巢于河上，常在水边觅食，喻兄弟。《诗·小雅·常棣》："脊令在原，兄弟急难。"此句写患难中兄弟相依。

⑥ "归舟"句：谢朓《之宣城出新林浦向板桥》："天际识归舟，云中辨江树。"

　　山谷与兄元明手足情深，以"觥"字韵唱和之诗就有多首。此诗当是对元明临别赠诗的追和。首联即概括兄弟相伴入蜀至挥泪告别的过程。有兄长万里相送，诗人几已忘却身在客中，悲苦中透出些许欣慰，但最终的离别使这仅有的一点温馨也将失去，情极凄婉。回首往事，昔日的雄心抱负，即所谓的"攀天梦"，已尽告吹；遥想将来，兄弟聚首之时，又不知在何年何日。颔联在离情中又融入了身世之感，更加深了悲剧意蕴，进而化为颈联的动人画面，赋兼比兴，以风雪中的鹡鸰相并喻手足情深，更以鸿雁失群拟兄弟离散。

尾联悬拟别后景况，设想兄长常翘首遥望天际，盼其归来，犹柳永词所咏"想佳人妆楼颙望，误几回、天际识归舟"（《八声甘州》）；但天各一方，只能藉频寄书信以慰离思。诗由忆昔、慨今、遥想未来组成，宛转曲折中真情发露。

次韵黄斌老所画横竹[①]

酒浇胸次不能平[②]，吐出苍竹岁峥嵘[③]。卧龙偃蹇雷不惊[④]，公与此君俱忘形[⑤]。晴窗影落石泓处[⑥]，松煤浅染饱霜兔[⑦]。中安三石使屈蟠，亦恐形全便飞去。

① 黄斌老：潼州府安泰人，画家文同之妻侄，善画竹，曾任职于戎州，与黄庭坚定交。

② "酒浇"句：《世说新语·任诞》："阮籍胸中垒块，故须酒浇之。"

③ 岁峥嵘：岁暮。峥嵘，深冥貌。

④ 卧龙:喻竹。《后汉书·费长房传》载长房从一老翁学道,翁与一竹杖,长房骑杖归来,"以杖投陂,顾视则龙也"。偃蹇:偃息而卧。雷不惊:言龙(竹)安处不动。《历代名画记》载梁张僧繇画龙,点睛后"雷电破壁,两龙乘云腾去上天"。

⑤ 此君:指竹,语出《世说新语·任诞》王徽之(子猷)语。

⑥ 石泓:指石砚,语出韩愈《毛颖传》。

⑦ 松煤:指墨。霜兔:指毛笔,尤指兔毫笔。

　　黄斌老是山谷在戎州结识的新知,其画艺传自文同,而文同又是苏轼最为推崇的画竹大师,并与东坡有中表之亲,山谷不仅欣赏斌老的画艺渊源有自,而且因与东坡的这层关系而倍感亲切,此诗即是其元符二年(1099)于戎州为斌老所作的题画诗。其构思之妙在于将画家的创作神态与画面的景物意象融会糅合,交叉运笔。一方面写其画竹是垒块不平的胸次之外化,人与竹达到了无分彼此的忘形之境;另一方面又展现所画之竹如卧龙偃息的盘屈之姿,处变不惊的安然神态。在人与物的交融中以人托物，以物拟人，不仅传竹之神，更是传达出创作者的人格与精神风貌，进而言之，也是诗人托物自喻，标举其奇崛兀傲的风骨品节。诗的章法也值得一提。开头写其胸中不平之气化为苍竹，笔势涌出，"晴窗"一联写其挥毫运笔，实有补足上文之意，再引出"中安三石"，作为画竹过程的收笔，章法天矫拗折。又可注意者是其作画神态表现得从容安详，与画中意象之奇拗而复安然正相对应，其源盖出于诗人欣赏的内刚外和的人格境界。

寄题荣州祖元大师此君轩[①]

王师学琴二十年，响如清夜落涧泉[②]。满堂洗净筝琶耳，请师停手恐断弦。神人传书道人命，死生贵贱如看镜。晚知直语触憎嫌，深藏幽寺听钟磬[③]。有酒如渑客满门[④]，不可一日无此君[⑤]。当时手栽数寸碧，声挟风雨今连云。此君倾盖如故旧[⑥]，骨相奇怪清且秀。程婴杵臼立孤难^⑦，伯夷叔齐采薇瘦^⑧。霜钟堂上弄秋月，微风入弦此君说。公家周彦笔如椽^⑨，此君语意当能传。

① 荣州：治荣德县，今四川荣县。祖元大师：僧人，俗姓王。此君轩：轩名取晋王徽之"何可一日无此君（指竹）（《世说新语·任诞》)之意。"

② "响如"句：琴曲中有《三峡流泉》《幽涧泉》等。

③ "神人"四句：言祖元精于相卜，为人算命，能预卜祸福贵贱，后知直言易犯忌讳，遂深居佛门。道，说，预卜。

④ 有酒如渑：形容酒多，语出《左传·昭公十二年》。渑，古水名，源出临淄。

⑤ "此君"句：语出《世说新语·任诞》，见注①。此谓竹与人亲，宛如故旧。

⑥ 倾盖：两车相遇，双方交谈，故车盖相并而稍有倾斜。《史记·邹阳传》引谚："有白头如新，倾盖如故。"

⑦ "程婴"句：据《史记·赵世家》，屠岸贾杀赵氏，为救赵氏遗孤赵武，公孙杵臼与程婴先后赴死。

⑧ "伯夷"句：伯夷、叔齐为商朝孤竹君二子，入周后不食周

粟，采薇而食，终至饿死。

⑨ 周彦：王庠，字周彦，祖元从弟，苏轼兄婿。

　　山谷谪居戎州时，间与荣州之王庠及其从兄祖元相过从，对二人评价甚高。本诗写于元符二年闰九月，作为一首题赠诗，却非泛泛应酬之作，而是生动地描绘出了祖元的性格才情，有传神之妙。围绕祖元，诗中写了他的琴艺、相术、嗜酒好客的性格及手栽的竹子，这些不同的内容错综交织，合力塑造出一个豪迈多才的僧人形象。此诗略去外形细节，重在气氛形象的烘托，以传达人物的精神气质，仅第二段（五至十句）为正面写人，其余均是侧面晕染。如果说第一段（首四句）是以音乐烘托其才情的话，那么第三段（十一至十六句）则是以竹象征其人品。末段四句又复归音乐，以月下弹琴回应开头的琴声之妙，由琴声而及"此君"，竹与人兼写，题轩实是写人。

　　诗中的修辞也有可圈点处。首段写音乐，将琴声拟为清夜涧泉，从而坐实这一喻体，使之能荡涤习惯于筝琶的俗耳,音乐的巨大魅力、人物的高雅情趣于此顿现,以致发出了"请师停手恐断弦"的请求,看似反常,却是听者爱赏之极的痴语,可谓以翻进一层之法极写音乐之动人。再如"程婴"一联,以古代的节烈之士拟竹,由典故激发联想,让人想象出竹子瘦劲挺立的外形、耿介坚贞的气质,达于形神兼备。这是审美移情在艺术创作中的生动体现,且以历史人物构成巧对,奇思妙想,音情顿挫,因此历来备受激赏。

再次韵兼简履中南玉三首①(选一)

锁江亭上一樽酒②,山自白云江自横。李侯短褐有长处③,不与俗物同条生④,经术貂蝉续狗尾⑤,文章瓦釜作雷鸣⑥。古来寒士但守节,夜夜抱关听五更⑦。

① 元符三年五月知戎州刘广之率宾僚游赏锁江亭,山谷与其会,并作《次韵李任道晚饮锁江亭》,此三诗为续作,所选为

第三首。履中：成履中；南玉：汲南玉。皆从行者。

② 锁江亭：在戎州治所僰(bó)道县。

③ 李侯：指李任道，本梓州人，寓居江津。短褐：言其为
　　布衣。

④ 俗物：粗俗之人。同条生：犹言同类。《五灯会元》卷七
　　《雪峰义存禅师》：岩头曰："雪峰虽与我同条生，不与我同
　　条死。"

⑤ 貂蝉续狗尾：《晋书·赵王伦传》："至于奴卒厮役亦加以
　　爵位，每朝会，貂蝉盈座。时人为之谚曰：'貂不足，狗尾
　　续。'"貂蝉，貂尾与蝉羽，高官帽上的饰物。

⑥ 瓦釜作雷鸣：《楚辞·卜居》："黄钟毁弃，瓦釜雷鸣。谗人
　　高张，贤士无名。"

⑦ 抱关：守门。此指守住家门。

　　诗之作由游锁江亭而起，但重点不在游赏，而在表
现一种人格境界。诗所咏的对象是李任道，他以布衣的
身分也参与了这次游宴活动，山谷曾称"其人言行有
物，参道得其要，老成人也"（《与王观复书》）。诗即围
绕他的立身行事而加以咏赞，标举了一种安贫乐道的清

操风骨;其实诗人也是借此在作自我咏叹,自标风操,表现其在逆境中挺立不挠的品节。诗仅首联写景,江山的辽阔实状其胸襟之博大。颔联出为散句,在律诗中为变体,但"短褐"与"长处"作对,稍事补救。颈联以成语构成对偶,且七言句成"二一五"之意群节奏,均为生新奇峭之创格,不同凡响。此联讽刺当时流行的王氏经学及文学之衰敝,衬出上一联贫贱有道者的不同流俗。尾联复归于寒士之秉节自守,既是劝勉,亦是自励。宋诗之重人格境界,于此又可见一例。

送石长卿太学秋补①

长卿家亦但四壁②,文君窥之介如石③。
胸中已无少年事,骨气乃有老松格。汉文新览
天下图④,诏山采玉渊献珠⑤。再三可陈治安
策⑥,第一莫上登封书⑦。

① 石长卿:眉州眉山人,时在戎州。秋补:举士之法。元符

二年诸州行三舍法，选拔州学生中优异者贡入太学，称为"补"，州学上舍生升太学补外舍，因在秋天升舍，故云"秋补"。

② "长卿"句：司马相如字长卿。《史记》本传称其"家居徒四壁立"。

③ 文君：司马相如妻卓文君。此喻指石长卿之妻。介如石：耿介如石。《易·豫》："介于石。"于，如。

④ 汉文：汉文帝。此喻指宋徽宗，时初即位。班固《东都赋》："天子受四海之图籍，膺万国之贡珍。"

⑤ "诏山"句：喻下诏广罗人才。

⑥ 治安策：西汉贾谊向汉文帝所上奏章，陈述治国方略，又名《陈政事疏》。

⑦ 登封书：《汉书·司马相如传》："长卿未死时，为一卷书，曰：'有使来求书，奏之。'其遗札书言封禅事。"封禅，帝王祭天地的活动。上登封书，指迎合帝王、歌功颂德的举动。北宋林逋临终有诗云："茂陵他日求遗稿，犹喜曾无封禅书。"（欧阳修《归田录》）

元符三年，黄庭坚于戎州以此诗送青年学子石长卿升入太学深造。前四句赞其人品，后四句勉以国事，殷殷之意可感，非泛泛送人之作可比。全诗连用若干汉代的故实，以故拟今，别具新意。先以司马相如拟石长卿，并从其姓氏生发出耿介之意，写出其穷且益坚的品格，赞为少年老成，有老松之骨力气格。"汉文"两句宕开一笔，写徽宗即位后的新气象，以采玉献珠喻发掘人才，石长卿既属秋补之列，则其为珠玉无疑，故其赞许之意脉不断。循此则归为劝勉，水到渠成。先以贾谊事勉励之，正应其上的"汉文"，寄寓了君臣遇合的期盼；复以司马相如事告诫之，"再三"与"第一"相对比，于可否之间透出谆谆情意。结尾一方面呼应了开头，一方面又表达了超越古人的期许。这些地方都见出其运思的严密。诗中的散文化语言如临别赠语，殷勤嘱咐，细味之，上下情调又有差别。上半句法更显拗拙，所押入声韵尤增添了拗崛顿挫之味，有助于凸现其人格力量；下半则以平声韵相押，显得语重心长。诗中有两联对偶，与散句交互出之，但读来仍是散行的韵味，此正是山谷的特色。

戏题巫山县用杜子美韵①

巴俗深留客②，吴侬但忆归③。直知难共
语，不是故相违④。东县闻铜臭⑤，江陵换裌
衣⑥。丁宁巫峡雨⑦，慎莫暗朝晖⑧。

① 巫山县：属夔州，今属重庆。用杜子美韵：杜甫有《巫山县
汾州唐使君十八弟宴别兼诸公携酒乐相送率题小诗留于
屋壁》诗。此诗即次其韵。

② "巴俗"句：谓巴俗好客。巴，古地名，今四川东部。

③ 吴侬：吴人，此诗人自指。

④ 违：离去。

⑤ "东县"句：谓巫山县以东则进入了使用铜钱的区域。蜀中
为铁钱区。东县，指巫山县邻县巴东县。任渊《山谷内集
诗注》引山谷跋："'铜臭'乃退之'照壁喜见蝎'之意，盖过
巫山用铜钱也。"

⑥ "江陵"句：谓到江陵时该初夏了。江陵，宋江陵府及荆湖
北路治所。

⑦ 丁宁：叮咛。巫峡雨：暗切巫山神女"且为朝云，暮为行雨"（宋玉《高唐赋》）。

⑧ "慎莫"句：防止浮云蔽日，有寄意徽宗，致政清明的寓意。

山谷出川东归，于建中靖国元年（1101）途经巫山县赋此诗。时徽宗初即位，标榜消弭党争，拨乱反正，一时间似有除旧布新的气象。诗人怀着期盼而又疑惧的复杂心态迎来了他生命旅程的转折。他急切地想要回归正常的社会政治生活，但风雨阴霾随时可能袭来，前途未卜的阴影在心头挥之不去。诗就是在这样的心理背景上展开的。对于巴人的好客挽留，他感念在心，但毕竟难敌回归心切。诗的前半通过回环曲折的诗语将这种心情表达得十分恳切。"东县"两句将其回归的欣喜和盘托出，一个新的时空已经在望，而尾联却转跌直下，叮咛中透出疑惑不安，既是对个人命运，更是对政局国运的忧虑。像这种风格的五律，乃从老杜脱胎而来，不黏滞景物而纯作胸臆语，淘洗尽一切铅华色泽，呈现出一派平淡老成的本色。这是山谷诗至晚年达到的化境。

跋子瞻和陶诗①

子瞻谪岭南②，时宰欲杀之③。饱喫惠州饭，细和渊明诗。彭泽千载人④，东坡百世士。出处虽不同⑤，风味乃相似⑥。

① 苏轼和陶渊明诗始于元祐七年知扬州时，所和为《饮酒》二十首，绍圣元年贬惠州，始遍和陶诗，集为一编，子由为之作引，前后共和一百二十四首。山谷有真迹石刻题云："建中靖国元年四月在荆州承天寺观此诗卷，叹息弥日，作小诗题其后。"

② "子瞻"句：东坡绍圣元年至四年谪居惠州，后移儋州，直至元符三年，前后七年。

③ 时宰：指执政者，宋宰相与执政统称宰执。时章惇为相，尽贬元祐党人。

④ 彭泽：指陶渊明，因其曾任彭泽令，故云。

⑤ 出处：出仕与退隐。《易·系辞》："君子之道，或出或处，或默或语。"

⑥ 风味：指意趣或情志。

　　山谷由贬所放还后读到了东坡的和陶诗，不禁感慨系之，遂以诗为跋，表达了对东坡的深切理解与精神默契。

　　诗的前半以政敌之用心险恶反衬东坡之超脱旷达，在"杀"气笼罩之下，东坡却照样"饱吃饭"、"细和诗"，极其平淡的生活状态却映照出豪宕放旷、不以生死系怀的人格光辉。诗人以两个寻常的生活细节就将凶险之气扫却，在从容的转折间透出的乃是坦然沉稳的气度，非大手笔不能办此。诗的后半对比（陶、苏）二人，虽一隐一仕，行迹有异，但同为千载不朽之士，其源盖出于那种不拘进退、一任自然的有道者境界，是所谓"风味"之同。山谷在此实发挥子由《和陶诗引》中的观点，而此文曾经东坡笔削，毋宁可视为其夫子自道。文中阐述了不以出处论人的观点，并引孟子语"曾子与子思同道"为据，曾子与子思面对来敌，一退一守，盖缘于地位处境不同，若"易地则皆然"（《孟子·离娄下》）。又东坡

《和陶贫士诗》谓夷齐之退、四皓之进,及渊明之初仕终归,其为有道也一,"盖古人无心于功名,信道而进退"(《苕溪渔隐丛话》)前集卷四引《诗眼》。苏、黄实将理想人格提高到了一个更洒脱无碍的、超越进退出处的高度,成为宋人人格祈向的一个新的标的。

此诗前半叙事,后半议论,不涉情语、景语,摆落华藻,纯以家常语出之,含咏之,自有一种老成之味、峻拔之骨,其深沉淡泊一如其所咏之人格境界,让人沉酣久之,心向往之。就体裁论,前半押平声韵,后半押去声韵,中二联又构成对偶,不今不古,古律参半,也算一种创格。

病起荆江亭即事十首①(选二)

翰墨场中老伏波②,菩提坊里病维摩③,近人积水无鸥鹭,时有归牛浮鼻过④。

闭门觅句陈无己⑤,对客挥毫秦少游⑥。

正字不知温饱未⑦,西风吹泪古藤州⑧。

① 荆江:指荆州,治江陵。

② 翰墨场:文章笔墨汇集的场所,犹今言文坛。老伏波:犹老将。东汉马援曾授"伏波将军"名号。

③ 菩提坊:佛寺、佛门。菩提,梵语觉悟之意,释迦牟尼于菩提树下成佛。病维摩:指维摩诘,释迦同时人,称病在家,宣示佛法,故云。

④ "近人"二句:孙光宪《北梦琐言》卷七载陈咏谒荆州幕郑准,有诗云:"隔岸水牛浮鼻渡,傍溪沙鸟点头行。"此即据以点化,且切荆州。

⑤ 陈无己:北宋诗人陈师道,字履常,一字无己。

⑥ 秦少游:北宋词人秦观。

⑦ 正字:元符三年(1100)陈师道除秘书省正字。

⑧ "西风"句:指秦观在元符三年八月卒于北归途中的藤州(今广西藤县)。

　　建中靖国元年山谷因病痛而留寓荆州,这组绝句即其病愈之后登临荆江亭的即事感怀之作。这里选录的是第一首与第八首。

第一首写病后的心境，以对句起意。诗人先以伏波将军马援自比，回首生平，自己曾驰骋文场，也是一时之选，而且适逢新皇（徽宗）即位，也许能再展身手，语气间不乏自负与期许；但毕竟老境已至，非复当年，流露出某种嗟叹意味。下句的病维摩之喻既切其大病初愈、体态羸弱的形象，又传其皈心向佛、超脱尘俗的神韵。这两句诗用典贴切，对仗工稳，传神写照，意蕴丰富。后二句摹写眼前景物，有些解诗者试图挖掘其中的寓意，其实不必穿凿深求。诗人展现这样一幅村俗图景，正显现其摆脱了病痛之后的心境之悠闲，虽无鸥鹭之胜，归牛浮鼻不也陶然怡人吗？这也许就是所谓俗中见雅吧。

第八首则为怀人之作。陈师道与秦观是山谷的知交挚友。首二句同样是对起，在工整的对偶句中勾画出两位友人创作时的不同风采。陈师道是沉潜诗艺，刻意苦吟，那种"语不惊人死不休"的执拗，历历可感。相比之下，秦观则是一副文思敏捷，挥洒自如的风流才俊的形象。如此的杰出人物，而今命运又如何呢？诗人的关切在一问一叹之间表达得淋漓尽致。生者温饱难觅,死者泉台已矣,诗人要借西风将自己的眼泪洒向其死地,夸张中蕴含的是对亡友的一腔深情。今昔、生死、盛衰的对比将感情鲜明地突显出来,足以令人感喟不已。

王充道送水仙花五十枝
欣然会心为之作咏①

凌波仙子生尘袜,水上轻盈步微月②。是谁招此断肠魂,种作寒花寄愁绝? 含香体素欲倾城③,山矾是弟梅是兄④。坐对真成被花恼⑤,出门一笑大江横。

① 王充道:荆州人。

② "凌波"二句:曹植《洛神赋》:"凌波微步,罗袜生尘。"写洛水女神宓妃在水上行走,似乎扬起了灰尘。步微月:在月下漫步。

③ 倾城:原指倾覆邦国,后喻美色令人倾倒。语出《汉书·李

夫人传》载李延年咏佳人歌。

④ "山矾"句：南方的一种野生小白花，民间号为郑花，山谷改
　名山矾，见其《戏咏高节亭边山矾花二首序》。钱钟书先生
　指出此句的拟人手法源自《淮南子·俶真训》："槐榆与橘
　柚，合而为兄弟"，并称"为卉植叙彝伦，乃古修词中一法"
　（《谈艺录》）。

⑤ "坐对"句：写被花所撩拨而心神不宁。杜甫《江畔独步寻
　花七绝句》："江上被花恼不彻，无处告诉只颠狂。"

　　建中靖国元年作于荆州，时山谷从蜀中放还，暂寓
于此。水仙花向有"凌波仙子"的美称，诗即由此切入，
以宓妃的绰约风姿来描写水仙花超凡脱俗的气韵。在
水波月色的烘托下，这款款而行的仙女形象将水仙花的
风神飘渺的意态刻画得栩栩如生，其点化之妙、拟态之
工，诚为"奇思奇句"（方东树《昭昧詹言》）。接下来由
人及花，写花为宓妃的魂魄所化，以其悲剧命运渲染水
仙的幽忧愁怨的神韵。但此联以问句出之，诗情由流丽
曼妙一下转为峭拔劲挺，表现出对造化神工的惊叹。以

下又复归平铺直叙,语气质实。最出人意表的是诗末境界陡变:出门面对大江而开怀一笑,将原本纤丽婉约的诗境转为粗犷豪放。这种突兀的转跌意在突出其从某种沉湎的感情中解脱出来的顿悟(前人对此有所揣测,姑置不论)。翁方纲称前此"是着色相语",唯其如此,"所以末二语更觉破空而行,点睛飞去","愈见前半之粘,愈见末句之脱"(《七言诗三昧举隅》)。要之,这是一个颇有点禅悟意味的结尾,反观全诗,也就可以体会到它的某种禅味机趣。宋人早就指出其"作诗断句,辄旁人他意,最为警策"(陈长方《步里客谈》)的特点,但若不明其背后的顿悟,那仍是皮相之论。山谷作诗善将对立的风格特色杂糅融合,创为新格,如此诗流利中有顿挫,婉丽中具粗豪,错落迭出,避免了一泻无余的平板,在咏花诗中确是别具一格。

雨中登岳阳楼望君山二首①

投荒万死鬓毛斑②,生出瞿塘滟滪关③。

未到江南先一笑，岳阳楼上对君山。

满川风雨独凭栏，绾结湘娥十二鬟④。可惜不当湖水面，银山堆里看青山。

① 岳阳楼：在湖南岳阳城西门上，下瞰洞庭湖。君山：在洞庭湖中。

② 投荒：流放至荒远之地。

③ 瞿塘：长江三峡之首，在奉节县东。滟滪：长江中的礁石滟滪堆，正当瞿塘峡口。

④ 湘娥：指湘君，尧之二女娥皇、女英为舜之二妃。十二鬟：喻君山如湘君之十二髻鬟。刘禹锡《望洞庭》："遥望洞庭山水色，白银盘里一青螺。"以螺喻山。古代发型有所谓"螺髻"，故由螺而及发髻。雍陶《题君山》："疑是水仙梳洗处，一螺青黛镜中心。"皮日休《缥缈峰》："似将青螺髻，撒在明月中。"

黄庭坚于崇宁元年（1102）二月朔旦（初一早晨）登

岳阳楼,这两首七绝即是其登临抒怀之作,抒发了虽历经患难而仍达观豪健的情怀。

　　第一首诗中诗人庆幸自己身经磨难而能由贬所生还,在由"万死"而"生出"的转折中显示出命运的否极泰来。"瞿塘滟滪"在此不仅是自然界的峻峡险滩,而且成为其艰难生涯的象征,故此处的"生出"可谓一语双关,其欣喜之快意自可想见,因此下面有了这耐人寻味的"一笑"。诗人点出这"一笑"在"未到江南"时就先发出,足见其喜悦已难以自抑。结句的一笔表明这"笑"不仅流露出他对返乡在即的欣慰,而且也显现出他被壮阔湖山所激发起的豪情壮怀。

　　第二首写登临所见。风雨中独自凭栏的诗人形象正是他历尽艰辛而仍独立不倚、兀傲挺立的人格写照。湖上的群山在诗人眼中化作了湘妃的发髻,诗人采撷前人的不同诗句,陶铸熔化出这一奇思妙喻;更可注意的是,诗人以纤丽之笔写湖山,给八百里洞庭平添了几分旖旎之色,壮阔中不乏妩媚。但他并不以远眺为满足,他更向往于银涛雪浪间观湖山之壮丽。诗人的这一感叹更展现出他阔大的胸襟、不羁的情怀。

题胡逸老致虚庵①

藏书万卷可教子，遗金满籯常作灾②。能与贫人共年谷，必有明月生蚌胎③。山随宴坐画图出，水作夜窗风雨来④。观水观山皆得妙⑤，更将何物污灵台⑥？

① 胡逸老：未详。致虚庵：书斋名。

② "藏书"二句：《汉书·韦元成传》：韦贤与其子元成皆位至丞相，"故邹鲁谚曰：'遗子黄金满籯，不如一经。'"籯（yíng）：箱笼之类的竹器。语本《老子》："金玉满堂，莫之能守；富贵而骄，自遗其咎。"

③ "能与"二句：《后汉书·梁商传》："每有饥馑，辄载租谷于城门，赈与贫馁，不宣己惠。"明月：指珍珠，喻子孙之贤。《三国志·荀彧传》裴松之注引孔融与韦端书，称其二子有才德："不意双珠，近出老蚌，甚珍贵之。"

④ "山随"句：谓安坐观山，山如画图展现于前。宴坐：安坐，
佛家语，又指坐禅。

⑤ "观水"句：古代思想家多从山水中悟道。如孔子谓水有八
德，"是故君子见必观焉"（《孔子家语·三恕》），又有"知
者乐水，仁者乐山"之说（《论语·雍也》）。《孟子·尽
心》："观水有术，必观其澜。⋯⋯流水之为物也，不盈科
不行；君子之志于道也，不成章不达。"禅家更多在山水中
参禅之例，如赵州从谂云："无处青山不道场"（《五灯会
元》卷四）。

⑥ "更将"句：暗用六祖慧能偈意："心是菩提树，身为明镜
台。明镜本清净，何处染尘埃？"灵台，指心，语出《庄子·
庚桑楚》。

　　诗写于崇宁元年，是一首颇具理趣的作品。它藉题
咏书斋表述了某种人生哲理，标举了一种理想的人格境
界。前四句发为议论，精警凝炼，意谓家有万卷藏书，正
可教子成材，若留下大笔财产，只会招来灾祸；积善之家
必有余庆，赈济穷人必能得好的子孙。此四句妙在议论
中寓叙事，既是人生经验的概括，有警世之用，又暗含对

胡逸老人品的赞许，即是称道他雅好诗书，善教后辈，轻财仗义，乐善好施。后四句写由山水悟道，达致虚静之境的心灵净化过程。这四句的主语（庵主）同样隐于言外，暗示景物乃庵主的所见所闻，其纯净之心灵也是他观山水后悟到的宇宙人生境界，但这一悟道经验已被作为一种普适的人生哲理揭举出来。值得关注的是，这一人生境界是儒、佛、道三家思想的融合。前四句所述是"仁者爱人"的儒家处世之道，而后四句主要是佛道境界，归为题中的"致虚"之意。但这种虚静是基于儒家道德的一种理想人格，其解脱去欲的澄明心境是仁义道德的产物，而非单纯来自佛道之理。

纪昀评此诗"三、四好在理语不腐"（李庆甲集评校点方回《瀛奎律髓汇评》卷二十五），此评也可推及全诗。"不腐"除了指思想本身的价值外，其表述形式之新奇也是题中应有之义，如前四句之化用典故意象，后四句之借助山水景物，都可说是其"不腐"的表现。颈联尤被称为"奇句"（方回评语，同上）。奇处之一是，"山"与"水"以单音节位于句首，突破常格，别具拗趣；

其二是"随"与"作"二字下得别致,写出了景物的动感。如果说山如画图次第展现还是一种实景的话,那么夜窗风雨就别具一种虚幻冥迷之趣。"水"在此是一个泛化的概念,而"作"字比起"随"字来更为虚化,由此营造出风雨迷茫的氛围。纪昀还评"此诗不甚入绳墨"(同上)。从章法上讲,此诗就不同于一般的七律,两大块面的结构打破了首尾起结、中二联展开的格套。假如说前半的议论是由一般(道理)推及个别(庵主),那么后半的悟道则是由个别提升为一般。它既表理,又写人,既可作人生格言来读,又可视为对庵主的赞美。至于声律之拗也是其不入绳墨的一个方面,《山谷内集》将其收于古诗,《瀛奎律髓》归为"拗字类",就是因其不古不律的特点。

新喻道中寄元明用觞字韵①

中年畏病不举酒,孤负东来数百觞②。唤客煎茶山店远,看人获稻午风凉。但知家里俱无恙，不用书来细作行。一百八盘携手上③，至今犹梦绕羊肠④。

① 新喻：属临江军，今江西新余。元明：山谷长兄黄大临。
② 孤负：辜负。东来：指出川东下至江西。山谷于崇宁元年正月发荆州，四月朔至萍乡探望时任萍乡令的黄大临。数百觞：指兄弟相聚时的饮酒。
③ "一百"句：绍圣二年山谷贬黔州，元明亲送之贬所，"一百八盘"是指他们经过的巫山盘旋曲折的山路。《书萍乡县厅壁》："初，元明自陈留出尉氏、许昌……上夔峡，过一百八盘，涉四十八渡，送余安置于摩围山下。"
④ 绕羊肠：指行进于屈曲崎岖的道路。

"觞"字韵是山谷与其兄元明唱和的专用诗韵，这首诗是其多首"觞"字韵七律中的一首。山谷于崇宁元年四月朔至萍乡省兄，十五日离去，此诗就是他至新喻写寄元明的作品。七律原本是讲究格律严整、辞藻丰赡的一种诗体，而山谷此诗却高度散文化、口语

237

化,以平淡质朴的口吻抒写手足亲情,如话家常,在律诗中可谓创格。中二联写道中见闻感受,尤温馨亲切。"山店"、"获稻"之类的故乡风物本极平常,此时在诗人眼中也别具一种熨帖心灵的意味。也许是因为重获自由,加上兄弟重逢,故心境较为平和,才有些闲情逸兴,而对兄长的告语也显得舒心宽慰,这是他经历了人生风雨之后获致的安详宁静。但平静的水面下仍有暗流涌动,诗的结尾就是这股潜流的外露,在对患难与共的往事的追忆中,包孕着对噩梦般岁月的惊悸。散行流走是本诗的显著特色,尤其颈联,"但知"与"不用"上下相承,宛转如家常口语。但诗中也有几处故拗其调,如首句后五字全用仄声,声调的拗折显示出口语般的朴拙。钱钟书先生称:"这首是黄庭坚的比较朴质轻快的诗,后来曾几等就每每学黄庭坚这一体。"(《宋诗选注》)南渡以后江西派诗人发展出轻灵活泼的诗风,我们从吕本中、杨万里乃至陆游的诗中,都可见其流风所被。

题 落 星 寺①

落星开士深结屋②，龙阁老翁来赋诗③。小雨藏山客坐久④，长江接天帆到迟。宴寝清香与世隔⑤，画图妙绝无人知⑥。蜂房各自开户牖⑦，处处煮茶藤一枝⑧。

① 落星寺：在南康军星子县彭蠡湖（鄱阳湖）上，相传有星坠于湖，即落星石，寺建于石上。

② 开士：对僧人的敬称。深结屋：于幽深处筑屋。

③ 龙阁老翁：史容《山谷外集诗注》谓指山谷舅父李常（公择）。龙阁，龙图阁之简称，李常曾为龙图阁直学士。

④ 藏：掩藏。钱钟书《谈艺录补订》评此曰："胜处在雨之能藏，而不在山之可藏。"谓雨之掩山若有意藏匿之，有拟人意味。

⑤ 宴寝：即燕寝，安寝。韦应物《郡斋雨中与诸文士燕集》："兵卫森画戟，燕寝凝清香。"韦诗此二句自唐以来即传诵人口，山谷化用之，以表超尘出世之概。

⑥ "画图"句：原注："僧隆画甚富，而寒山、拾得画最妙。"

⑦ 蜂房：指僧人的房舍，言其多。

⑧ "处处"句：挂着藤杖，随处可游观品茶。藤一枝，指藤杖。《许彦周诗话》（《苕溪渔隐丛话后集》卷三十七引）载晦堂心禅师诗："生涯三事衲，故旧一枝藤。乞食随缘过，逢山任意登"，可以为证，有说诗者认为指用藤煮茶，实误。

　　历来诗家在论及山谷清新瘦硬的诗风时，每举此诗为代表。《外集》中收有四首题落星寺的诗，非同时所作，这是第三首，是四首中最为传诵的一首，作年已难确考。或以为作于崇宁元年。

　　此诗景清情雅，格高韵远，将一切丽词藻饰淘洗净尽，以雅洁平淡的语言展现其经过人生的历练而形成的澄澈高旷的胸襟。首句的"深"字实为全诗之纲，其意境都在渲染离尘隔世的幽深意趣。中二联即对此予以生发，颔联尤称精彩，"藏"字与"迟"字锤炼精警。前者写造化之神奇，若有意藏山；后者以时间的漫长显空间之辽远。"帆到迟"与"客坐久"相应，表现其凝神远眺、

浑然陶醉之态。湖山的清幽深远正是诗人淡泊心胸的
反映,故前人评"此诗真所谓似不食烟火人语"(姚鼐
《今体诗钞》)。但此诗平淡中见出锻炼之功,运思奇
巧,清新淡雅中不乏峭健劲骨。其锤炼词语,除上述例
子外,如"蜂房"之喻僧舍,"藤一枝"表拄杖,都颇新奇。
诗中还变易平仄格律,造成声调的拗崛,故此诗被归入
"拗字吴体格"(方回《瀛奎律髓》卷二十五)。苏轼尝
称山谷诗"如蟾蜍、江瑶柱,格韵高绝,盘飧尽废"(《东
坡题跋》),就是以生鲜食品喻其诗之清而不腻,含味不
尽,此诗足以当之。

武 昌 松 风 阁[①]

　　依山筑阁见平川,夜阑箕斗插屋椽[②],我来
名之意适然。老松魁梧数百年,斧斤所赦今参
天,风鸣娲皇五十弦[③],洗耳不须菩萨泉[④]。嘉
二三子甚好贤[⑤],力贫买酒醉此筵。夜雨鸣廊
到晓悬,相看不归卧僧毡。泉枯石燥复潺湲[⑥],

山川光辉为我妍。野僧早饥不能馔⑦，晓见寒
黍有炊烟⑧。东坡道人已沉泉⑨，张侯何时到
眼前⑩？钓台惊涛可昼眠⑪，怡亭看篆蛟龙
缠⑫。安得此身脱拘挛，舟载诸友长周旋。

① 武昌：指鄂州武昌县(今湖北鄂州市)，三国时吴孙权于此
　 置武昌郡，治武昌县。非今湖北武汉市武昌。松风阁：在
　 武昌西山九曲岭上西山寺中，黄庭坚为之命名。

② 夜阑：夜将尽时。箕斗：星名，二十八宿中的箕宿与斗宿。
　 此句写月落星沉之状。

③ 娲皇：女娲，相传为伏羲之妹(一说为其妻)。五十弦：指
　 瑟。此状松涛之声。按：瑟之创制者说法不一，《世本》云
　 宓(伏)羲所造，但各书均未载女娲造瑟，或系山谷误记。

④ 洗耳：用许由事。尧让天下于许由，由以为玷污其耳，遂以
　 颍水洗之。菩萨泉：在西山寺岩窦间。此言天籁清音可涤
　 去尘俗，若洗耳然，唯不必用泉水耳。

⑤ 二三子：犹诸位，几人，见《论语·述而》。

⑥ 潺湲(chán yuán)：水流貌。

⑦ 饘(zhān)：厚粥。

⑧ 寒谿：在西山下。

⑨ 沉泉：沉埋九泉之下，此谓东坡已去世。

⑩ 张侯：指张耒。张耒因为东坡举哀行服，由知颖州贬为房
　　州别驾，黄州安置。黄州与鄂州武昌隔江相望。

⑪ 钓台：在城北长江上，孙权常宴饮于此。

⑫ 怡亭：在长江中小岛上，有《怡亭铭》刻于岛石，唐裴虬撰
　　文，李阳冰书篆。蛟龙缠：形容篆书屈曲盘绕之状。

　　这首大气磅礴的七古属山谷晚年的扛鼎力作，写于
崇宁元年九月途经鄂州时。

　　诗的主体部分为描写松风阁的夜景。诗人以如椽
大笔创造出一个澄澈明净而又生机盎然的高妙意境，表
现了放怀于大自然的适然愉悦之情。这一部分又可分
为"松风"与"夜雨"两个层次。阁夜松风，境界阔大，气
象森严，那斧斤赦余的魁伟古松自然令人联想到劫后余
生的诗人及其峻嶒傲骨，而"洗耳"云云又映现出于风
泉清音中洗却尘虑的淡泊心胸。"嘉二三子"以下叙游

阁宴饮，观赏夜雨润物的景象，诗人历经磨难的人生如同这山川泉石一样，重新受到了滋润。诗的场景集中于夜阑至拂晓的这个阶段，营造出超尘出世的神奇氛围，诗人身处其中，似乎摆脱了一切尘嚣与烦恼，而晓色炊烟又使人跌回现实，故"东坡道人"以下转为抒情，解脱之感一时复为悲慨所取代，故友或死或贬，让人低回不已。但抑郁很快化解于对自由生活的向往，然这种向往以感叹兼疑问的口气出之，又透出疑虑与怅惘。联系山谷此时的境遇，这种情绪实反映出他力图超脱而又感到前途未卜的复杂心境。

山谷曾评晚年杜诗"简易而大巧出焉，平淡如山高水深"（《与王观复书》）。此诗可说是达到这一境界的炉火纯青之作。他已无需藉僻典奥语来构造诗境，笔势自然老健，意境宏阔奇伟，直以元气淋漓的大自然衬托出博大的胸襟。在此诗中我们可以看出韩愈《山石》诗的影子。但此诗又非按游踪先后叙写，而是由"夜阑"切入，"我来名之"对游山作了补充交代，"嘉二三子"又补叙了与友人同来的情节，这种逆挽之笔使得游踪的叙写曲折掩映。

写阁夜松风用笔尚有奇拗处，如"插"与"赦"字的锻炼；而以下写夜雨则简淡疏隽，末段抒情中间以问句、向往与疑虑交织。全诗因而在雄放流走中又具波峭拗折。

寄 贺 方 回①

少游醉卧古藤下②，谁与愁眉唱一杯③？
解作江南断肠句④，只今惟有贺方回。

① 贺方回：贺铸，字方回，号庆湖遗老，北宋著名词人，崇宁元年曾在当涂见山谷。

② "少游"句：秦观于元符三年北归，卒于藤州。惠洪《冷斋夜话》载秦观于处州梦中作长短句，云："醉卧古藤阴下，杳不知南北"，竟一语成谶。此句写少游逝世。

③ 与：为，替。唱一杯：晏殊《浣溪沙》："一曲新词酒一杯，去年天气旧亭台，夕阳西下几时回？"

④ 江南断肠句：贺铸《青玉案·横塘路》："彩笔新题断肠句。"

这是山谷寓居鄂州时写寄贺铸的七绝,时当崇宁二年(1103)。诗寄贺铸,却从秦观身上落笔。以"醉卧古藤"表现秦观之死,既切合其偶傥才情,又显现其视死如归。这种飘然仙去是一个典型的诗人之死,寄寓了对挚友的惋惜和留恋。那么谁又能为他唱一曲挽歌呢?此处说"一杯"而非"一曲",乃化用晏殊词意,既含"一曲新词",又应上之"醉卧",更令人联想到晏词中的夕阳、落花的意象,隐含悼亡。第三句的转折使诗从低回中振起,三、四句诗意倒置,以逆挽之笔全力托出结句,画龙点睛,凝聚了对贺铸的由衷赞许。秦观不仅是山谷的知交,而且对贺铸非常欣赏,尤喜其《青玉案》词。山谷通过对他们共同的友人秦观的悼念抒发出对贺铸的真挚情谊,小小一诗,构思精巧,尺幅之中,意蕴丰厚。

鄂州南楼书事四首①(选一)

四顾山光接水光,凭栏十里芰荷香②。清风明月无人管③,并作南楼一味凉。

① 鄂州：此指鄂州州治江夏（今武昌）。南楼：原为东晋庾亮镇守武昌（今湖北鄂州市）时所登楼，传为雅事。

② 芰（jì）：四角菱。

③ "清风"句：苏轼《前赤壁赋》："惟江上之清风，与山间之明月，耳得之而为声，目遇之而成色，取之无禁，用之不竭，是造物者之无尽藏也，而吾与子之所共适。"

崇宁二年寓居鄂州时作。这是四首中的第一首。首联写登临纵目所见，"接"字见出山川相缪的阔大，"光"字传出月下景物的幽美，是为远景。近观则是十里风荷，清芬四溢，着一"香"字而境界全出。诗人置身如此美景，自然生出后二句的感受。"清风"近承芰荷之"香"，明月遥应山水之"光"。事实上它概括了天地间的一切景物，更是超越了人间奔竞的一个和谐美好的理想世界，它为世人所共享，而非某人能得而私焉。最后的"凉"字就是诗人点出的这一世界给人的总体感受。他妙用通感手法，无论是视觉之"光"，还是嗅觉之"香"都并作一种清凉之感。它不仅是自然意义上的

"凉",更是一种去缚解脱、融入自然后的逍遥自在之境,是对多欲燥热的人生的超越。我们可以从道家的玄理,更多地是从佛家的学说中找到这一"清凉"境界。如《大集经》:"有三昧,名曰清凉,能断离憎爱故";《华严经》:"菩萨清凉月,游于毕竟空。"诗人此时刚结束长达六年的贬谪生涯,这首诗就是表现了他在自然山水、佛理禅趣中涤除烦忧、获取解脱的心理感受,写景中兼具理致。

醉　蓬　莱

对朝云叆叇①,暮雨霏微,乱峰相倚。巫峡高唐②,锁楚宫朱翠③。画戟移春④,靓妆迎马⑤,向一川都会。万里投荒⑥,一身吊影⑦,成何欢意！　　尽道黔南⑧,去天尺五⑨,望极神州⑩,万重烟水。尊酒公堂,有中朝佳士⑪。荔颊红深,麝脐香满,醉舞裀歌袂⑫。杜宇声声^⑬,催人到晓,不如归是^⑭。

① 朝云：宋玉《高唐赋》中巫山神女对楚王曰："旦为朝云,暮为行雨。"靄靆(ài dài)：云气浓重貌。

② 高唐：战国时楚国的台观。

③ 楚宫：楚国的离宫。朱翠：本指妇人的容貌与饰物,此指美女。

④ 画戟：彩饰之戟,此指官员的仪仗。

⑤ 靓(jìng)妆：盛妆艳服。

⑥ 投荒：贬谪、流放到边远蛮荒之地。

⑦ 吊影：对影自怜,形容孤独。李密《陈情表》："茕茕子立,形影相吊。"

⑧ 黔南：即黔州,治彭水县(今属四川)。

⑨ 去天尺五：极言地势之高。汉民谚："城南韦杜,去天尺五。"(《辛氏三秦记》)

⑩ 神州：泛指中原,兼指京城。逐臣每以回望京城表达哀怨之情。

⑪ 中朝：即朝中。

⑫ "荔颊"三句：写白里透红的脸色、氤氲馥郁的香气、令人陶

醉的歌舞。麝脐：麝香。舞裀(yīn)：舞衣。裀，夹衣。

⑬ 杜宇：杜鹃鸟，相传为古蜀帝杜宇所化。

⑭ 不如归是：旧说杜鹃鸣声悲苦，其声类"不如归去"。

绍圣二年(1095)作于赴黔州途中，从词意推测，所经当为夔州巫山县。作为名流，山谷受到了地方官的热情接待；但作为逐臣，他的内心又有着难以排解的抑郁苦闷。他把这两方面编织在同一首词中，通过悲与乐的多层次对比烘托，突现出他在贬谪途中的复杂情怀。上片先描绘出烟雨凄迷的峡江风光，写景中融入迷离惝恍的神话传说，渲染出去国怀乡的怅惘心绪。"画戟"三句转为热闹的欢迎场面，但"万里投荒"三句却急转直下，将一腔悲情喷涌而出。过片承上，却改变角度，设想未来在贬所的望乡之苦，翻进一层写贬愁离恨。"尊酒"以下五句却转而铺陈宴会歌舞之盛。置身于高堂华宴、觥筹交错之间，更使人强烈感受到"斯人独憔悴"的况味，故结末跌入夜不能寐的思乡之悲中。

王夫之曾说："以乐景写哀，以哀景写乐，一倍增其哀乐。"(《薑斋诗话》)此词正是这一艺术辩证法的具体运用。上下两片各分三个层次。形成悲——乐——悲的错落结构，但上下片又写法各异，写悲与乐的词语其色彩反差也很大。前者朴素自然，近乎口语，直抒胸臆；后者富丽浓郁，风华典雅，着力铺陈。

定 风 波

次高左藏使君韵①

万里黔中一漏天②，屋居终日似乘船③。及至重阳天也霁，催醉，鬼门关外蜀江前④。

莫笑老翁犹气岸⑤，君看，几人黄菊上华颠⑥？戏马台南追两谢⑦，驰射，风流犹拍古人肩⑧。

① 高左藏使君：高羽。左藏，左藏库使，官阶名。使君，汉代对太守的称呼，此指黔州知州。据山谷《致泸州帅王补之》，高羽于绍圣四年代曹谱（伯达）为黔州守。

② 黔中：指黔州。唐天宝元年改为黔中郡，乾元元年复为黔州。漏天：对多雨地区的一种称呼。四川多雨，邛都有漏天，戎州僰道有大漏天、小漏天。此移以称黔州。

③ "屋居"句：形容雨水多，如置身水上。杜甫《饮中八仙歌》："知章骑马似乘船。"

④ 鬼门关：又名石门关，在奉节县东，两山夹峙如门。蜀江：流经彭水县、注入长江之巴江，即今乌江。

⑤ 气岸：气概傲岸。

⑥ 黄菊上华颠：古人在重阳节常插戴菊花，称簪菊。华颠，发已花白之头。颠，通"巅"，头顶。

⑦ 戏马台：在徐州城南，项羽所造。刘裕在晋安帝义熙十二年封为宋公，重阳节与僚佐大会于戏马台，后相承次为例。两谢：指谢瞻及谢灵运。他们在刘裕的这次聚会上均有赋诗。

⑧ 拍古人肩：表示追随古人的豪迈气概。郭璞《游仙诗》："左挹浮丘袖，右拍洪崖肩。"

绍圣四年作于黔州。据题目及词意推测，这首词很可能是写于重阳节的宴会场合，为次知州高羽之韵而作。词中表现了虽身处逆境却穷而益坚、豪情满怀的气概。一上来先写黔中淫雨连绵的恶劣环境，作为下文的铺垫，"及至"句翻出重阳节雨过天晴的新境，"及至"与"也"的呼应中透出欣喜，进而连呼"催醉"，要一醉方休。其后又补上"鬼门关外"一句，回应开头，再次强调地域之僻远、险恶，更有力地反衬其豪迈。如果说上片其豪气还仅是初露端倪的话，那么下片更是将这种豪情逸兴愈翻愈高，以自负的口吻标榜自己老当益壮，祈使与反问语气的前呼后应活现出他的傲世情态。"几人"句一问的顿宕之后，词情直贯而下：饮酒赏菊之外还要骑射赋咏，直追古代的风流豪杰，其豪气有不可遏抑之势。这首词采用先抑后扬的结构方法，扬之中又层层推进，由催醉至簪菊，再至骑射赋诗，将其老而弥坚的豪迈奋发精神发挥得淋漓尽致。

定 风 波

把酒花前欲问溪，问溪何事晚声悲？名利

往来人尽老,谁道,溪声今古有休时。

　　且共玉人斟玉醑①,休诉②,笙歌一曲黛眉低③。情似长溪长不断,君看,水声东去月轮西④。

① 玉醑(xǔ):美酒。
② 休诉:指不要推辞饮酒。
③ 黛眉:画成黛色的眉毛。
④ "水声"句:化用许浑《登洛阳故城》:"水声东去市朝变。"

　　作年失考。或以为作于黔州。这首词表述了超越名利而归趣于情的精神诉求。上片感怀人世,以溪水为悟道的对象,颇具禅趣,正如苏轼之禅偈所云:"溪声便是广长舌,山色岂非清净身"(《五灯会元》卷十七)。词人以终古如斯的溪流比喻奔波于名利的人生之途,那溪声似在倾吐无尽的感慨。如果说上片重在表现超凡脱俗的胸襟,那么下片则转向抒发旷逸放达的情怀。名利既成虚物,那就浅斟低唱,放逸于醇酒妇人之中。这时,长流不断的溪水又成了绵邈深情的载体,水声东去,月轮西斜,留给人的是悠长的情思。此词从对人生的思考写到对情感的追求,上片在警世之论中有悯世之情,下片在放逸之情中有达道之理,情理相生而有一种峭健旷逸之致。这正是山谷词有别于温婉妍丽的传统词风的地方,它和清新雅健的山谷诗一脉相通。

念 奴 娇

八月十七日,同诸甥待月,有客孙彦立者,善吹笛,有名酒酌之①。

断虹霁雨,净秋空、山染修眉新绿②。桂影扶疏③,谁便道、今夕清辉不足? 万里青天,姮娥何处④,驾此一轮玉? 寒光零乱,为谁偏照醽渌⑤? 年少从我追游,晚凉幽径,绕张园森木⑥。共倒金荷⑦,家万里、难得尊前相属⑧。老子平生,江南江北,最爱临风曲。孙郎微笑⑨,坐来声喷霜竹⑩。

① 此题据《山谷琴趣外篇》。汲古阁本《山谷词》题作:"八月十八日,同诸生步自永安城楼,过张宽夫园,待月。偶有名酒,因以金荷酌众客。客有孙彦立,善吹笛。援笔作乐府长短句,文不加点。"据词题,此词当作于戎州,永安城楼盖州治南城。据《山谷年谱》卷二十七引山谷题名,元符元年重九日,山谷与僧道、举子、子侄数人游无等院,登永安门。然此词究作于元年抑二年,待考。孙彦立:未详。张宽夫:名溥。

② "山染"句:山色青翠似染,若新画的眉毛。古人以山形容妇人之眉,称远山黛,此反以眉喻山。

③ 桂影:月中桂树之影。扶疏:枝叶繁茂纷披貌。

④ 姮娥:即嫦娥。

⑤ 醽渌(líng lù):美酒名。

⑥ 张园:即张宽夫园。

⑦ 金荷:酒杯的美称。

⑧ 尊:通樽。属(zhǔ):斟酒,酌酒,引申为劝酒。

⑨ 孙郎:指孙彦立。

⑩ 坐来：登时，一时。霜竹：指笛。

　　山谷于元符元年由黔州迁戎州，虽地更僻远，生活更加艰苦，但他仍豪气健举，笑对人生。这首词就是其精神风貌的写照。词中描绘了雨后秋夜的浩瀚景色，表现词人及后辈友人在明月清辉下樽酒相属、临风弄笛的豪情逸兴。虽身处逆境，却不作危苦愁怨之词，而是通过良辰美景、赏心乐事披露其洒脱旷达的胸襟。上片写景，放眼天宇，驰骋想象，境界阔大；下片叙事兼抒情，笔饱墨酣，清越的笛声更烘托出其逸兴遄飞。此词步武苏轼的豪放词风，故山谷自称"或以为可继东坡赤壁之歌"（《苕溪渔隐丛话后集》卷三十一引）。

西　江　月

　　老夫既戒酒不饮，遇宴集，独醒其旁。坐客欲得小词，援笔为赋。

　　断送一生惟有，破除万事无过①。远山横

黛蘸秋波②,不饮旁人笑我。　　花病等闲瘦弱③,春愁没处遮栏④。杯行到手莫留残⑤,不道月斜人散⑥。

① "断送"二句:韩愈《遣兴》:"断送一生惟有酒,寻思百计不如闲。"又《赠郑兵曹》:"杯行到君莫停手,破除万事无过酒。"

② 远山横黛:指眉毛。《西京杂记》:"(卓)文君姣好,眉色如望远山。"又,汉代赵飞燕妹合德,为薄眉,号远山黛,见伶玄《赵飞燕外传》。黛,青黑色颜料,女子用以画眉。秋波:喻指眼波。

③ 等闲:无端。

④ 遮栏:即遮拦,排遣。

⑤ "杯行"句:庾信《舞媚娘》:"少年惟有欢乐,饮酒那得留残?"兼用韩愈《赠郑兵曹》(见注①)。

⑥ 不道:不见,此作反问语气,犹言"岂不见"。道,作看、见解,参见王瑛《诗词曲语辞例释》(增订本)。又张相《诗词曲语辞汇释》卷四:"不道,犹云不思也,不想也。此反辞,意犹云何不思、何不想也。"并释此句:"言何不思月斜人散

后，无复会饮之乐乎。"可参考。

　　此词作年失考，或以为作于戎州。全词以诙谐的口吻述说了由戒酒不饮到开怀畅饮的一个心理变化过程。开头两句如破空而来，议论警辟，妙在将韩愈的两句诗拈来，构成巧对；又略去最后的"酒"字，以歇后语的形式启人联想。陈师道评曰："才去一字，遂为切对，而语益峻。"（《后山诗话》）这两句确乎峻拔警世，分别揭示了酒的正反两面的作用，也暗逗出由拒斥到倚赖的转向。"远山"句接得突兀，"蘸"字尤炼得精彩，化腐朽为神奇，传达出侑酒女的眉目流盼。过片宕开，感叹春晚花残，"花病"、"春愁"其实正是词人宦海浮沉中积淀下的抑郁愁闷的写照。由此自然导出劝酒的结语，是劝人，也是自劝。

　　山谷此词感慨世事人生，带有诙谐玩世之趣。字面上明白如话，词意却深折，浓缩了他的人生体验，别具理趣。这类词和唐代诗僧寒山、拾得、王梵志等人的篇什有渊源关系。

木兰花令^①

当涂解印后一日^②，郡中置酒，呈郭功甫^③。

凌歊台上青青麦^④，姑熟堂前余翰墨^⑤。
暂分一印管江山^⑥，稍为诸公分皂白^⑦。

江山依旧云空碧，昨日主人今日客。谁分
宾主强惺惺^⑧，问取矶头新妇石^⑨。

① 木兰花令：马兴荣、祝振玉校注《山谷词》（上海古籍出版
社 2001 年版）据《词谱》改题为《玉楼春》。

② "当涂"句：山谷于崇宁元年六月赴知太平州任，九日到任，
十七日即罢官。当涂：太平州州治，今安徽当涂县。

③ 郭功甫：郭祥正，字功甫（父），当涂人，有诗名，当时亦在酒
席上。

④ 凌歊（xiāo）台：在太平州治当涂县城北黄山之巅，宋武帝
刘裕在此建离宫。青青麦：用《庄子·外物》所引逸诗：
"青青之麦，生于陵陂。"

⑤ 姑熟：当涂古名，亦作姑孰，因姑孰溪而得名。堂在清和门

外，下临姑溪。余翰墨：谓昔人已逝，却留下了佳篇名章。如李白有《姑熟十咏》。

⑥ 暂分一印：暂时执掌官印，指知太平州事。　管江山：犹言做江山的主人。此指所谓"吏隐"，即把做官作为隐居的一种方式，亦官亦隐。

⑦ 分皂白：犹言分是非。州郡长官历来被认为是皇帝倚重的官员，国家统治的基石，汉宣帝曾称"与我共此者，其唯良二千石乎"（《汉书·循吏传序》），山谷在此却有意贬低其意义。

⑧ 惺惺：清醒，明白，本为禅宗语，此指硬要将主客分个一清二白。

⑨ 新妇石：即望夫山，"在当涂县。昔人往楚，累岁不还，其妻登此山望夫，乃化为石"（《舆地纪胜》）。新妇，即媳妇。

　　这首词记录了山谷晚年遭遇的一场戏剧性事件：到任九天即遭罢官。卸任次日的郡宴上，他写下此词，在感慨之余，表达了从老庄哲学中寻觅精神解脱的心理诉求。词从当涂的名胜古迹写起。高台离宫，而今麦苗青青，无论帝王还是墨客，都已成陈迹，只有文章翰墨能与江山共存。首二句颇寓有黍离麦秀、世事沧桑之慨。三、四句则表其对为官的淡然态度。他把为官一任只看作"管江山"、"分皂白"，且以一"暂"和一"稍"字更淡化了做官的意义，然淡漠中也隐含牢骚。过片翻出命运的剧变，大有江山依旧、人事已非之慨，"空"字感慨深沉，"昨日"句更是以当句的强烈对比揭示了政治生活的反常和荒谬，语气之斩截强调了变化之突兀，其中的感慨可谓五味杂陈，令人啼笑皆非。最后两句则将前此的一切扫倒，达于彼此混一。从字面上看是劝宴席中人无分宾主，尽欢一醉；在深层则是以"万物齐一"的老庄哲学来作自我解脱。结句的问新妇石乃是以人事代谢、江山永存遥应开头。新妇石以历史见证者的身份所目睹的就是一个主客变化不定的沧桑历程，一切都如过眼烟云，本无需作彼此之分。

全词贯穿了一条"暂做主人——反主为客——主客不分"的思想变化脉络，最终进入一种无差别境界，由感慨人生而达于委运任化。山谷此类词奇崛奥峭，与其诗风颇为接近。此词押入声韵，音调拗硬；又多用俗语,看似明白,细味却曲折深刻,富有理趣,这就是他所倡的"以俗为雅"。

南园遁翁廖君墓志铭

庭坚以罪放黔中,三年又避亲嫌,迁置于戎州。未至而访其士大夫之贤者,有告者曰:"王默复之、廖及成叟其人也。"问复之之贤,曰:"复之学问文章为后进师表,褒善贬恶,人畏爱之;激浊扬清①,常倾一坐②。乡人之为不善者,必悔曰:'岂可使复之闻之!'"问成叟之贤,曰:"事父母孝敬,有古人所难。邃于经术③,善以所长开导人,子弟以为师保④。能以财发其义⑤,四方之游士以为依归。"窃自喜曰:"虽投弃裔土⑥,而得两贤与之游,可无恨。"至戎州而访之,则二士皆捐馆舍矣⑦,未尝不太息也。会成叟之子铎,以进士王全状其先人言行，来乞铭。遂叙而铭之。

叙曰：维廖氏得姓于周，至唐乃有显者，唐末有仕于犍为⑧，不能归，留为蜀人，至遁翁五世矣。大父君讳翰，辞不受父祖田宅，以业其兄，而自治生，因为戎州著姓。生二子，曰璆，曰琼，璆有文行而不得仕⑨，琼以奉议郎致仕⑩，恩迁承议郎，累赠翰至宣德郎。璆有子曰及，是谓遁翁。遁翁天资魁梧⑪，性重迟⑫，不儿戏，长而刻意问学⑬，治《春秋》三传，于圣人之意有所发明，不以世不尚而夺其业⑭。元祐初，乃举进士，至礼部，有司罢之而不愠也。居父丧，卒哭而哀不衰，犹有思慕之色⑮。奉其母夫人，温清定省，能用《曲礼》⑯，使其亲安焉。士有负公租将就杖者⑰，遁翁持金至庭曰："愿以此输逋钱⑱，免废一士。"有司义而从之。土俗：病者必杀牛，祭非其鬼⑲。遁翁尝病，亲党皆请从俗祷焉。遁翁曰："不愧于天⑳，吾病将已;天且剚之㉑,于祷何益㉒!"里中尝荐士应经明行修诏者㉓,上下皆以为可,遁翁独不可,既而不果荐,识者以为然。年四十,遂筑南园,曰:"吾期终于此,遁于人而全于天㉔,不亦可乎?"则自此南园遁翁,幽居独乐,非其所好,姻家邻室不觌也㉕。如是数年,年四十有五而卒。复之哭之曰:"天夺我成叟,吾衰矣!"

娶河内于氏,生三男二女:男则铎,次构,次桐;长女适进士李武,次在室。铎以元符元年十有一月壬申葬遁翁于僰道县之锦屏山㉖,于是母夫人年七十三,除丧而哭之哀,曰:"诸子孙事我,岂不夙夜㉗!亡者之能养,不可得已!呜呼,可谓孝子矣!"

铭曰:遁翁遁于人,乃其不逢㉘。全于天,乃其不穷㉙。初若泛也,考于仁而同。中若隘也,考于义而通。卒而不病于孝,蔼然有古人之风㉚。

① 激浊扬清：惩斥邪恶，发扬善行。

② 常倾一坐：常使在座者倾倒、佩服。坐，即座。

③ 邃：深远，此谓精通。

④ 师保：皆古时辅导并协助帝王之官，此犹言老师、师傅。

⑤ "能以"句：谓能仗义疏财。

⑥ 投弃裔土：流放到边远之地。裔，原指衣服边缘，也泛指边。

⑦ 捐馆舍：死之委婉说法。

⑧ 犍为：郡名，初建于西汉，辖境甚广，治僰道。南朝梁于此置戎州，隋一度改犍为郡，唐复名戎州，故此指戎州。

⑨ 文行：文章与德行。

⑩ 奉议郎：与以下承议郎、宣德郎均阶官名。

⑪ 天资魁梧：天生身材高大。

⑫ 性重迟：性格持重。

⑬ 刻意：专心致志。

⑭ "不以"句：不因当时不崇尚《春秋》之学而废止其学业。熙丰间王氏经学主宰学术，贬抑《春秋》是其重要方面。王安石《答韩求仁书》："至于《春秋》，三传既不足信，故于诸经尤为难知。"并称《春秋》为"断烂朝报"（据周麟之跋孙

觉《春秋经解》）。王应麟《困学纪闻》卷六："尹和靖云：介甫不解《春秋》，以其难之也，废《春秋》非其意。"故其《三经新义》仅解《书》、《诗》、《周礼》三经，《春秋》不在其列。熙宁四年更定科举法，《春秋》三传亦不列为考试科目，甚至被排除于经筵、学校的讲授之外。

⑮ "卒哭"二句：停止了哭泣而哀痛犹不衰减，尚有追思怀念亲人的神色。

⑯ "温清"二句：《礼记·曲礼》："凡为人子之礼，冬温而夏清，昏定而晨省。"谓冬天让双亲温暖，夏天使其清凉，此指四时之礼；黄昏给双亲铺床，使其安定，清晨问候请安，此指早晚之礼。清（qìng），凉。

⑰ 负公租：拖欠官府租税。杖：杖责，用竹板或荆条责打。

⑱ 输：缴纳。逋（bū）：拖欠。

⑲ 非其鬼：驱鬼。非，排。

⑳ 不愧于天：《诗·小雅·何人斯》："不愧于人，不畏于天。"

㉑ 天且劓（yì）之：《易·睽》："其人天且劓。"劓，割鼻之刑，引申为割除、消灭。《书·盘庚》："我乃劓殄灭之。"

㉒ 于祷何益：《论语·述而》："子疾病，子路请祷。子曰：'有诸？'子路曰：'有之。……'子曰：'丘之祷久矣。'"此化用

之,谓天若亡我,祷告亦无用。

㉓ 经明行修:贡举科目之一。

㉔ 遁于人:逃避人世。全于天:保持自然的天性,循性而动,达到与天合一。《庄子·达生》:"弃世则无累……弃事则形不劳,遗生则精不亏。夫形全精复,与天为一。"

㉕ 觌(dí):见,相见。

㉖ 僰道县:戎州治所,今四川宜宾市。

㉗ 夙夜:早晚。此谓子孙早晚殷勤侍奉。

㉘ 不逢:遭遇不好,命运不佳。

㉙ "全于"二句:与天合一,则能与天地相终始,获致永恒不朽。《庄子·在宥》:"故余将去女(汝),入无穷之门,以游无极之野。吾与日月参(三)光,吾与天地为常。"

㉚ 蔼然:和顺亲切貌。

山谷于元符元年春由黔州移戎州,这篇墓志铭即作于此年。文章通过对廖及(遁翁)一生行迹的记述表彰了一种高尚的人格。廖氏世居戎州,遁翁祖父辞让祖产,独立创业,其父有文行而不得仕,这就点明了遁翁行事品格的渊源所自。以下所写遁翁的事迹无一不体现出儒家道德伦理的内涵,如其持重好学、力行孝道、助人偿租、病笃辞祷等,都是儒家人格修养中的题中应有之义。尤可圈点的是,遁翁的性格中更闪耀出耿介独立的光彩,缺少了这一节操的层面,其人充其量也只能是一乡愿。可贵的是他能抗俗而行,在举世不重《春秋》时能持守其学如故,在荐举中"上下皆以为可"的情势下,独能坚持己意。在这之后,文章又进而展现出遁翁退居独乐以全于天的一面,这是他以老庄之道应世的超越境界。即使如此,他仍以秉持节操为立身之本,故非其所好之人,即使是亲友邻家也不见。山谷所彰显的这一人格境界正是其以儒为本、融合道佛的人生思想的反映。最后的铭文中就有这样的点题之笔,即其"全于天"的境界是以仁义孝友为本质核心的。

此文的章法也有独到之处。一般墓志铭包括散文的叙和韵文的铭两部分。此文在叙之前又有一段文字,交代了写作的缘起,其中提到了戎州的两个贤人,遁翁之外就是王默(复之),而且先述王之为人。在惜墨如金的墓志铭中,这些笔墨似嫌多余。其实作者乃意在以

王来为廖作陪衬。王氏的性格偏于峻切,有令人敬畏之
色,相比之下遁翁更具温厚之风,使人产生一种归属感。
通过这一陪衬更能显出山谷所倡的"内刚外和"的理想
人格的特色。这段文字犹如一出戏的序幕,未见其人,
先闻其声,为人物出场作了铺垫。在叙的收尾处写到遁
翁之死时,作者特为提到王默之哭,这一笔呼应了前文,
说明山谷运笔之细密,不致宕而不归。由于文章重在散
文之叙,故铭文颇为简练,且句法参差,灵活不拘,与叙
文的风格较为统一。

题魏郑公砥柱铭后①

余平生喜观《贞观政要》②,见魏郑公之事
太宗,有爱君之仁,有责难之义③,其智足以经
世,其德足以服物④,平生欣慕焉。故观《砥柱
铭》,时为好学者书之,忘其文之工拙,所谓"我
但见其妩媚"者也⑤。

吾友杨明叔⑥,知经术,能诗,善属文,为吏

干公家如己事，持身洁清，不以夏畦之面事上官⑦，不以得上官之面陵其下，可告以魏郑公之事业者也，故书此铭遗之。置砥柱于座旁，亦自有味。刘禹锡云："世道剧颓波，我心如砥柱。"⑧夫随波上下，若水中之凫，既不可以为人师表，又不可以为人臣作则，砥柱之文在旁，并得两师焉。虽然，持砥柱之节以事人，上官之所不悦，下官之所不附，明叔亦安能病此而改其节哉！

建中靖国元年正月庚寅，系船王市⑨，山谷老人烛下书，泸州史子山请镌诸石⑩。

① 魏郑公：唐魏徵，字玄成，唐太宗擢为谏议大夫，直言敢谏，深受倚重，封郑国公。砥柱铭：魏徵撰《砥柱山铭》。砥柱山，黄河三门峡急流中石岛，屹立如柱，今已炸去。《广川书跋》卷七："《唐砥柱铭》，贞观十二年特进魏徵撰，秘书正字薛纯书。其字因山镌凿……尚多隶体，气象奇伟。"字方可尺余，已残缺不全。

② 《贞观政要》：唐吴兢撰，采太宗与群臣问答之语，多记当时政事法制。

③ 责难：以难事勉人。《孟子·离娄上》："责难于君谓之恭。"

④ 服物：使人悦服。物，指众人。

⑤ "我但"句：《旧唐书·魏徵传》："帝（太宗）大笑曰：'人言魏徵举动疏慢，我但觉妩媚。'"

⑥ 杨明叔：名皓，眉州丹稜人，官于黔州，与山谷相过从。

⑦ "不以"句：《孟子·滕文公下》："曾子曰：'胁肩谄笑，病于夏畦。'"谓做出谄媚之态比在夏天浇菜园还要辛苦。此句是说对上官无谄谀之色。

⑧ "刘禹锡"三句：出其《咏史二首》之一。

⑨ "建中"二句：考庚寅为正月二十九日。据山谷《游泸州合江县安乐山行记》，正月晦与合江令泛安乐溪，则此文作于合江，王市当为合江地名。

⑩ 史子山：眉州人史铸，时客泸州。

　　这篇题记写于建中靖国元年正月，时山谷由戎州放还，沿江东下，正逗留于泸州合江县。由于崇仰唐代魏

徵的风节，他手书魏徵的《砥柱铭》赠给杨明叔，勉励他
以先贤为榜样树立起高尚的人品。

　　山谷终其一生都关注着道德人格问题，他从儒学及
佛、道的思想库中汲取资源，构建起他那"内刚外和"的
思想体系，而以儒家的道德伦理为核心的持节之"刚"
则始终是第一位的。这也是本文所要传达的主旨所在。
处世为人，首先重在坚守节操，要如砥柱之立于中流。
他先称许杨明叔在为官公干时能不谄上陵下，这就为进
一步砥砺名节提供了基础，"故书此铭遗之"。接着引
刘禹锡诗说明在尘世颓波中当如砥柱之屹立不动，并以
凫的随波上下来反衬此种坚定的人格境界。这是山谷
经历了人生的磨练之后所获得的一种感悟。他一生迭
经变法、更化、绍圣等政局的变迁，目睹了种种党同伐
异、投机钻营等失节之举，故尤重操守的养成。山谷的
这一思想也是对儒家传统中士之独立精神的再发扬，但
实行起来并不容易。在儒家伦理中，独立精神与君臣父
子等伦理原则先天地构成一种悖论，使独立精神不能贯
彻到底。即以魏徵而言，首先是其"爱君之仁"，其次才

是"责难之义"。因此,山谷不得不发出无奈的感叹。他试图以"和光同尘"的应世之策来解决这一难题,结果并不理想。但最后的反问还是表明不能因"病此而改其节",既是对明叔的策励,也是自勉。本文可目为山谷的一则人格宣言,它所体现出的强烈的道德人文关怀,至今仍有其积极的价值意义,并未因岁月的流逝而暗淡。

文章于尺幅之中写得波澜迭起,曲折生姿。先由魏徵而及于杨明叔,次第展现出其人格内涵,在正面阐扬持节之后,又从反面衬之,实际上拓展了持节的内涵,以下又转为感叹持节之难,但笔锋一转马上以"安能"的反问回归主题。一篇小小的题记却有峰回路转之势。

四、流放宜州以终（1103—1105）

　　崇宁二年（1103）十二月，庭坚从鄂州州治江夏仓促登程，过洞庭湖，沿湘江南行到潭州长沙，在长沙度过了除夕，与秦观之子湛及范祖禹之子温相遇，范温又是秦观的女婿。他们护秦观之灵北归，庭坚见到故友的后辈，执手痛哭，随以二十两银子作为赙金，两人不忍接受，庭坚说："尔父，吾同门友也，相与之义，几犹骨肉。今死不得预敛（殓），葬不得往送，负尔父多矣。是姑见吾不忘之意，非以贿也。"（曾敏行《独醒杂志》卷三）至性至情，感人肺腑。

　　在长沙还会晤了诗僧惠洪，同舟而宿，抵掌而语，相得甚欢。三年，至衡州（今湖南衡阳），晤僧仲仁。仲仁会稽人,久居衡州花光寺,故以"花光"自号。他性爱梅花,见梅影映窗,遂创为墨梅之法,名播于世。庭坚推崇其画艺人品,为赋诗数首,《题花光画》云:"湖北山无地,湖南水彻天。云沙真富贵,翰墨小神仙。"所咏不仅是画境,也是一种超凡的人生境界。

由衡州而西进入永州(治今湖南零陵)地界,三月己卯(初六)到祁阳,泊舟浯溪。溪在祁阳县南五里,流入湘江。唐代元结撰、颜真卿书的《大唐中兴颂》即刻于浯溪崖石上,俗称"磨崖碑"。他偕亲友前来游赏,连续三天盘桓不忍离去,应众人之请,他写下了大气磅礴的七古《书磨崖碑后》。在题磨崖碑的诗中山谷此诗称得上是冠绝众作,诗人的思绪穿透历史,审视了那场翻天覆地的安史之乱,对唐代的帝后不无讽刺,其意则在以古戒今,表达了他系怀国事的忧心。

三月十四日到永州州治零陵县。随庭坚南迁的有十六口人,他原打算将他们安顿在桂州(今广西桂林),自己只身赴宜州,但行至零陵已酷热难当,只能将家眷留在零陵。

永州士人中有一位蒋沨值得一提。沨字彦回,早年入太学,不遇而归,筑园自隐,名其园曰"玉芝"。庭坚到永州,蒋沨即追随于左右。庭坚追和了蒋沨的《玉芝园》一诗,写到蒋不仅陪侍于侧,而且以石相赠,以酒款待,弹琴相娱,有一见如故之感。蒋沨借此机会也收得了庭坚的诗文字画有二百余纸之多。南宋杨万里曾为蒋沨作传(《蒋彦回传》,载《诚斋集》卷一百十七),其中还写到沨之子观言对往事的回忆:

> 山谷美丈夫也,今画者莫之肖。观言年十五,在旁见其喜为人作字及留题,吾乡人士日持缣素以往,几上如积,忽得意,一扫千字。

有赖这篇传记,宋代僻远之地这样一位热心耿介之士与庭坚交往的事迹才不致湮没,今日读来仍可仿佛其音容举止。

庭坚溯湘江,经全州、桂州,抵达了流放地宜州。至迟在五月十八日抵宜,也许略早。宜州治所龙水县,即今广西宜州市,这是群山环抱中的一座小城,城北有龙江流过。由于他是"编管"之身,不能居于城关中,在官府命令下,他在十一月搬到了城南一所租赁的住处,名曰"喧寂斋"。至崇宁四年不知何故又迁入城内,那里地近集市,嘈杂纷乱,但正如其斋名所示,他依然保持了宁静的心境,诚如《题自书卷后》所写:"虽上雨傍风,无有盖障,市声喧愦,人以为不堪其忧,余以为家本农耕,使不从进士,则田中庐舍如是,又可不堪其忧邪?既设卧榻,焚香而坐,与西邻屠牛之机相直。"

在他生命的最后这一年,他写下了一部日记体的《宜州家乘》,因为崇宁四年岁次乙酉,故又称《乙酉家乘》,今本已有残缺,凭借它我们能窥见他生命的最后阶段的一些踪迹。

《家乘》中多次提到"小南门",它应是州城正南门旁的一个城门,他租住的房舍可能就在小南门附近。五月初七,他又迁到了南楼上,它应是正南门上的城楼,从此直到去世,他没有迁移过住处。

崇宁三年十二月其兄黄元明从永州前来看望他。《家乘》正月初五载"郡守而下来谒元明","郡守"即宜州知州党光嗣。想必元明的到来给了地方官们一个拜谒的借口，其后连续四天，党氏都给庭坚送来含笑花。这些都说明州县官对他是很礼遇的。党氏于八月初三逝世，庭坚为之作墓志铭、遗表、祭文，他必受党氏临终之托，由此可以推想他们之间的交谊。

官员中还有一位余若著，对庭坚也深怀敬重。据岳珂《桯史》的记载，余氏为他"经理舍馆"，并遣二子从之游，"执诸生礼"，有一天余氏向庭坚求书《后汉书·范滂传》，谓："先生今日举动，无愧东都党锢诸贤，愿写范孟一传。"庭坚"许之，遂默诵文书，尽卷，仅有二三字疑误"。无独有偶，苏轼儿时就受母亲的教诲以此传自勉。庭坚可谓无愧于乃师，其奋笔大书，是自励，也是明志，披露了对邪恶政治势力的高度蔑视，以及步武先贤、垂范后世的铮铮风骨，在生命的最后闪耀出人格的光华。

据《家乘》载二月五日，"诸人置饯元明于崇宁（寺）"，次日复"与诸人饯元明于十八里津"，席上庭坚赋七律《宜阳别元明用觞字韵》，兄弟二人凄然作别。

后又作《青玉案·至宜州次韵上酬七兄》词，此词当是对元明词的追和，具体和哪一首，则说法不一。

也许是由于地方长官对庭坚的优遇，宜州及周围地区的人士与庭坚的交往日趋密切与广泛，他们或来请教求字，或从各方面照料、资助他的生活。这些活动都记录在《家乘》中，在这八个月间，他提及的人名（亲属除外）就有七十八人之多，除文武官吏外还有僧人，更多的是普通的读书人与老百姓，日记中记录了他们一起游观、饮酌、弈棋、沐浴等活动。日记中大量记载的是人们对他的馈赠，上自官吏，下至平民，都给他送东西；不仅个人来送，还有地方上的集体馈赠。有些物品来自宜州周边的寨子，他和一些"知寨"的关系非常密切。在惜墨如金的日记中详载这些赠品和馈赠者，显然出于对父老乡亲的感激，他要留下这份蒙恩的记录，传诸后世。

尽管朝廷下令禁毁苏、黄文字，但在僻远的宜州这些禁令等于一纸空文，远近前来求教者络绎不绝，他总是有求必应。正因为他对岭南的文化开发卓有贡献，宜州民间至今还流传着这样的歌谣：

南楼施绛帐,鹤俸虽缺砚田丰。赢得声名留胜迹,开化第一功。

原宜州山谷祠曾有如下一副对联:

谪粤同时亦有人,缘何定国宾州、淮海横州,不及先生绵俎豆;

作神此地原非偶,恰似龙城柳子、潮阳韩子,能令边徼化诗书。(转引自彭会资《黄庭坚在广西——兼论黄庭坚的政治态度》,载《学术论坛》1981年第3期)

人民高度评价他的开化之功,将他比为东汉施绛帐教生徒的经学大师马融;还认为他胜过王巩、秦观,以至后人将他奉为神明,与韩愈、柳宗元一样受到香火的祭祀。

在庭坚生命的最后一年,出现了一位传奇式的人物,他就是范寥,字信中,其事迹见于费衮《梁谿漫志》卷十。范寥为蜀人,负才任侠,豪纵不羁,曾纵酒杀人,遂隐姓埋名,浪迹江湖间。后投奔某知州翟思,大受赏识,又追随翟公回到他家乡丹阳,后竟不知所终。翟公去世，他又突然前来哭灵，第二天一早翟家人又发觉席间的白金器皿荡然无存，范也不知去向，原来他"经往广西见山谷，相从久之。山谷下世，范乃出所携翟氏器皿尽货之，为山谷办后事"(《梁谿漫志》)。

范寥后来为《家乘》作序，序中称他从建康长途跋涉而来，"乙酉三月十四日始达宜州，寓舍崇宁寺。翼日，谒先生于僦舍，望之真谪仙人也。于是忘其道途之劳，亦不知瘴疠之可畏耳。自此日奉杖履，至五月七日，同徙居于南楼，围棋诵书，对榻夜语，举酒浩歌，跬步不相舍。"庭坚有《和范信中寓居崇宁遇雨二首》，诗中写范寥任侠飘零后又折节读书以及跋山涉水来宜州的经历倒可与其自述及笔记的记载相印证。

范寥来后，庭坚的交游活动更趋频繁，或赴宴饮，或游岩洞，放达的豪情冲淡了内心的愁寂。重九日他在宜州城楼的一次宴席上赋《南乡子》一首，意气豪兴仍无稍减。

这年元祐党人的命运有了某种转机，九月诏党人贬谪者量移内徙，庭坚也在被赦之列，由宜州移永州。但是他未及接到诏命就在九月三十日去世了。他在去世前没有缠绵病榻，也没有不久人世的迹象，他的死显然是猝死。陆游《老学庵笔记》曾载庭坚在城楼上秋暑难当，"一日忽小雨，鲁直饮薄醉，坐胡床，自栏楯间伸足出外以受雨，顾谓（范）寥曰：'信中，吾平生无此快也。'未几而卒。"若此情属实，那么感受风寒就是他的直接死因。但更深层的原因可能是心脏的疾患，《家乘》与书信中都透露过他"心悸"、"心痛"等症状，他还自制药丸来疗治。更需指出的是，庭坚晚年有服含丹药的举动，且药物依赖已较深。《与曾公卷》信中他向曾索要钟乳等药物，最后提到"如何岭南秋暑未解"，这和陆游所云"秋暑方炽"正好相合。服药后体内会产生燥热，更感秋暑难耐，发生上述那一幕情景也就很自然了。

庭坚弥留之际，据范寥《家乘》序，只有他一人在旁："子弟无一人在侧，独余为经理其事，及盖棺于南楼之上，方悲恸不能已。"但明周季凤《山谷先生别传》谓山谷临终时向蒋沨交托后事，"及卒，沨为棺送归葬双井祖茔之西"。周传之说实来自杨万里的《蒋彦回传》。

此事孰真孰伪，已难断定。

　　与此相关的则是《家乘》的失而复得。范寥《家乘》序称庭坚"尝谓余：'他日北归，当以此奉遗。'"但在其逝世之际，《家乘》"仓卒为人持去"，至绍兴三年，"有故人忽录以见寄"，于是镂板传世。罗大经《鹤林玉露》谓经纪先生后事者为永州唐生，其间《家乘》为人窃去，百余年后史弥远当国，方有人得之以献史，史又将它赠给黄伯庸。按《老学庵笔记》述及《家乘》，谓"高宗得此书真本，大爱之，日置御案"，据此，则《家乘》无需百年之后方重现于世，陆游之说与范寥所记相符。

　　对于上述疑点后人也试图作出解释。如清叶廷琯《吹网录》卷四《山谷〈宜州家乘〉非原本》条推测"唐生"疑即《家乘》中提到的"唐次公"，而"二月以后不复见其(唐)名"。叶氏认为《家乘》已经范寥篡改，"自其(范)三月到宜之后，略不齿及唐、蒋(沨)二人名"就是其篡改的结果。范托言《家乘》为人持去，实是藏匿起来，"作计削去唐、蒋之名，独擅其美。故事阅三十年，又托言友人录寄而刊板"。叶氏所论也可备一说。但

《家乘》的真伪存佚与山谷的丧葬后事同样成为一件难以决断的千古疑案。

南宋建政，统治者始重倡元祐学术，并从政治上给元祐党人平反。绍兴初，高宗特赠黄庭坚及秦观、晁补之、张耒直龙图阁；绍兴二年（1132）又颁黄庭坚所书太宗御制《戒石铭》于郡县。他的后人亲属也都被授官或迁升。恭帝德祐元年（1275）谥黄庭坚为"文节"。这些身后之荣都已是后话了。

书磨崖碑后①

春风吹船著浯溪②，扶藜上读《中兴碑》③。平生半世看墨本，摩挲石刻鬓成丝。明皇不作苞桑计④，颠倒四海由禄儿⑤。九庙不守乘舆西⑥，百官已作鸟择栖⑦。抚军监国太子事，何乃趣取大物为⑧？事有至难天幸尔⑨，上皇蹐踞还京师⑩。内间张后色可否⑪，外间李父颐指挥⑫。南内凄凉几苟活⑬，高将军去事尤

危^⑭。臣结《春秋》二三策^⑮,臣甫《杜鹃》再拜
诗^⑯。安知忠臣痛至骨?世上但赏琼琚词^⑰。
同来野僧六七辈,亦有文士相追随。断崖苍藓
对立久,冻雨为洗前朝悲^⑱。

① 磨崖碑:在山崖上镌刻的碑文,此指永州祁阳县浯溪石崖
　上的《大唐中兴碑》,唐元结撰文,颜真卿书。

② 浯溪:源出祁阳松山,东北流入湘江,元结卜居溪畔,为起
　此名。

③ 扶藜:拄着手杖。藜茎老可作杖。

④ 明皇:唐玄宗。苞桑计:巩固国家的策略。语出《易·否
　卦》,苞桑,桑树的本干。

⑤ "颠倒"句:指安禄山发动叛乱,颠覆唐王朝。禄儿:安禄
　山曾自请为杨贵妃养子,故云,见《旧唐书·安禄山传》。

⑥ 九庙:帝王的宗庙,后以指朝廷、国祚。乘舆西:指玄宗逃
　亡入蜀。

⑦ "百官"句:指百官投降叛军。或谓群臣背弃玄宗而投靠肃
　宗,可备一说。乌择栖:乌鸦择木而栖,喻指择主而事。

⑧ "抚军"二句：讥刺肃宗李亨身为太子不全力御敌,反汲汲于攫取皇位。抚军：太子追随国君外出,统率军队。监国：君主外出时太子在朝留守。趣：通促,匆忙。大物：指国家、政权。《庄子·在宥》："夫有土者,有大物也。"

⑨ "事有"句：指平定安史之乱实出老天保佑,言外有侥幸意。

⑩ 上皇：太上皇,指玄宗。跼：弯腰屈身。蹐：小步行走。均形容小心戒惧。

⑪ 张后：肃宗皇后。色可否：以脸色示意可否,状张后专权。

⑫ 李父：指宦官李辅国。颐指挥：以表情传达意旨,状其把持朝政。

⑬ 南内：兴庆宫,玄宗旧邸。

⑭ 高将军：指宦官高力士,深得玄宗宠信。上元元年,高被流放巫州,玄宗处境愈加艰危。

⑮ "臣结"句：谓元结碑文用《春秋》之法,即文寓褒贬,微词见意。二三策：《孟子·尽心下》："吾于《武成》(《尚书》篇名)取二三策而已矣。"按：任渊《山谷内集诗注》"春秋"作"春陵",实为臆改,今仍据《全集》本。

⑯ "臣甫"句：杜甫有两首七古《杜鹃行》及五古《杜鹃》,均有伤悼玄宗意。《杜鹃》云："我见常再拜,重是古帝魂。"

⑰ "安知"二句：谓世人看《中兴碑》及杜诗不能体会忠臣的忧国之情，仅能欣赏其文词之美。琼琚：美玉。

⑱ 冻(dōng)雨：暴雨。

　　本诗是山谷晚年的力作，其雄深雅健，慷慨沉郁，足与老杜比肩，宜乎其有"入子美之室"（张戒《岁寒堂诗话》），"神似老杜而不袭其貌"（高步瀛《唐宋诗举要》卷三）之誉。

　　崇宁三年三月山谷于赴宜州途中经祁阳，与当地僧俗人士同游浯溪，观赏《中兴颂碑》，应众人之请写了这首七古。诗人由碑及史，对安史之乱这段唐王朝的痛史作了回顾。与碑文之立足于"颂"不同，山谷此诗着眼于"刺"。他痛惜玄宗恬安荒淫，动摇邦本，以致神州板荡，社稷倾覆；于肃宗更是直斥其尽丧人子之道，国难当前却专意皇位之尊，后又导致大权旁落，阃后专政，君父苟活。至于所谓"中业"伟业，诗人则犀利地揭出："事有至难天幸尔"，不啻敲响了历史的警钟。北宋末年，朝政腐败，危机四起，诗人的怀古实是慨今，欲以历史的悲剧来警示世人及后代。范成大指斥此诗"不复问歌颂中兴，但以诋骂肃宗为谈柄"，开了不好的风气。其实这正是山谷的史识过人之处，后来李清照也有两首题咏《中兴颂》的七古，其批判精神即与山谷一脉相承。

元刘壎评此诗"精深有议论，严整有格律"（《隐居通议》卷八）。其章法之严整亦为此诗之佳处。首四句述游赏碑刻，摩挲感慨。中间十六句为诗的主体，由碑及史，寓议论于述史，实是一大篇诗体的史论。每四句为一层次，严谨匀称；前三层述玄宗父子及朝廷内外史事，最后一层归于碑文，自然过渡至结尾。末四句复结于纪行，雨中伫立于苍崖古碑之前，寄慨遥深。诗中多用散体的论赞笔调，气度雄深，古朴老健，且一韵到底，气势流贯中又有顿挫波澜。

水 调 歌 头

瑶草一何碧①，春入武陵溪②。溪上桃花无数，花上有黄鹂。我欲穿花寻路，直入白云深处,浩气展虹蜺③。只恐花深里,红露湿人衣④。　　坐玉石,倚玉枕,拂金徽⑤。谪仙何处⑥?无人伴我白螺杯⑦。我为灵芝仙草,不为朱唇丹脸⑧,长啸亦何为?醉舞下山去,明月逐人归⑨。

① 瑶草:仙草,传为瑶姬所化,此泛指香草。一何:何其,多么。

② "春入"句:用陶渊明《桃花源记》事,武陵渔人误入与世隔绝的桃花源,故武陵溪在此指代人间仙境。

③ 虹蜺:又作虹霓,即彩虹,有主虹与副虹,主虹即虹,为雄;副虹称蜺,为雌。

④ "只恐"二句:用王维《山中》诗:"山路元无雨,空翠湿人衣。"红露:花上的露水。

⑤ 金徽:金饰的琴徽,即琴上定音的标志,此指代琴。

⑥ 谪仙:被贬下凡的仙人,指李白。

⑦ 白螺杯:用白色螺壳制成的酒杯。

⑧ 朱唇丹脸:比喻媚俗之态。

⑨"醉舞"二句：兼用李白《下终南山过斛斯山人宿置酒》"暮
从碧山下，山月随人归"及苏味道《正月十五日夜》"暗尘随
马去，明月逐人来"。

词的作年难考，据词意推测，或作于贬官期间。山
谷以高才傲骨而遭斥逐，在坎坷的人生旅程中，世外桃
源必然成为他向往的理想境界。词人设想自己置身于
一个桃花源般的迷人世界中，上片词意直贯而下，表示
要寻胜探幽，登高抒怀，一吐浩气。但"只恐"以下忽作
顿挫，转而感叹此境之不尽如人意，透露出向往与疑虑、
超脱与留恋的人生矛盾。下片在徜徉自得之后又嗟叹
知己难觅、寂寞难耐，尽管如此，他还是不愿以媚态悦
人，而宁孤芳自赏，显出铮铮傲骨。理想不遂，只能以回
归现实人世作结。词意的跌宕回环正表现出词人深刻
的内心矛盾。

山谷此词点化前人的诗文意境、词法句律，颇见夺
胎换骨之功。如上片在展现理想与现实的矛盾时，取法
苏轼的《水调歌头》（明月几时有），"我欲"以下数句，

点化之迹尤显。其他化用唐诗之处也颇贴切生动。桃花源的诸多意象起比兴象征之用,增添了此词的浪漫色彩。

千 秋 岁

少游得谪①,尝梦中作词云:"醉卧古藤阴下,了不知南北。②"竟以元符庚辰死于藤州光华亭上③。崇宁甲申④,庭坚窜宜州,道过衡阳,览其遗墨,始追和其《千秋岁》词⑤。

苑边花外,记得同朝退⑥。飞骑轧,鸣珂碎⑦。齐歌云绕扇,赵舞风回带。严鼓断⑧,杯盘狼藉犹相对。 洒泪谁能会?醉卧藤阴盖。人已去,词空在。兔园高宴悄⑨,虎观英游改⑩。重感慨,波涛万顷珠沉海⑪。

① 少游得谪:绍圣元年春三月,秦观坐党籍,出为杭州通判;四月,改监处州茶盐酒税;绍圣三年,又削秩自处州徙郴

州,四年移横州编管,元符二年迁雷州。

② "尝梦中"三句:惠洪《冷斋夜话》:"秦少游在处州(今浙江丽水),梦中作长短句。"即此词《好事近·梦中作》。

③ 元符庚辰:即元符三年,是年秦观被赦北返,行至藤州(今属广西)而卒。

④ 崇宁甲申:即崇宁三年。

⑤ 《千秋岁》词:秦观此词作于绍圣二年于处州时,《花庵词选》题作"少游谪处州日作",并注曰:"今郡治有莺花亭,盖因此词而取名。"吴曾《能改斋漫录》卷十七《乐府》称此词作于衡阳:"少游云:'至衡阳,呈孔毅甫使君。'"或许初作于处州,至衡阳书赠孔平仲(毅甫)。秦观此词,和者甚众。

⑥ "苑边"二句:写与少游同在京城游宴。苑:园林。此指汴京城西的琼林苑及对面的金明池。除皇帝临幸外,每年三月一日至四月八日还向士庶开放,供人游赏。元祐间,秦观为秘书省正字兼国史院编修,故云"同朝"。

⑦ "飞骑"二句:飞骑:飞驰的车马。轧:驶过。鸣珂:马笼头上的玉饰行进时发出响声。此二句呼应秦观原词"忆昔西池会,鹓鹭同飞盖"之语。

⑧ 严鼓:急促的鼓声,指更鼓。严鼓断,言天将破晓。

⑨ 兔园：原为汉梁孝王园囿，亦称梁园，梁王雅好文学，常召
　 文学之士游宴其中。兔园高宴，喻指元祐名士之雅集。

⑩ 虎观：即汉代的白虎观。汉章帝建初四年会群儒于此，讲
　 论五经。此代指宋朝宫中的馆阁。英游：英才（杰出之
　 士）间的交游。英游改，指馆阁同僚纷纷罢斥而去，局面
　 改观。

⑪ 珠沉海：喻少游逝世。

　 崇宁三年，山谷南贬宜州，途经衡阳时，追怀故友秦
观而作此词。哲宗元祐初年，起用原被贬逐的官员，以
苏门为中心的一批文坛巨子得以集中到京城，同在馆阁
任职。他们诗酒唱酬，流连胜景，形成北宋文坛的空前
盛况。哲宗亲政后，政局大变，元祐大臣又坐党籍而纷
遭贬斥。词的上片即回忆他们在京师的这段黄金岁月，
下片折入悼亡，痛惜这位才士的逝去。通过悲乐的对比
转跌，表达了强烈的今昔之感，同时也是对自身悲剧命
运的深沉感慨，结句尤为沉痛。虽为和词，却非泛泛应
酬，而能感情深挚沉郁；其步趋原韵，尤能因难见巧，游

刃有余,如"海"字韵素称难押,经其锻炼而末句成为全篇之警策。

虞 美 人

宜州见梅作

天涯也有江南信①,梅破知春近。夜阑风细得香迟,不道晓来开遍向南枝②。 玉台弄粉花应妒③,飘到眉心住④。平生个里愿杯深⑤,去国十年老尽少年心⑥。

① 江南信:指梅花传来江南的春讯,"信"又可兼作"信使"解。盛弘之《荆州记》:"陆凯与范晔相善,自江南寄梅花一枝,诣长安与晔,并赠花诗曰:'折花逢驿使,寄与陇头人。江南无所有,聊赠一枝春。'"此暗用其事。

② 不道:不料。

③ 玉台:梳妆台。弄粉:梳妆打扮。

④ "飘到"句:《太平御览·时序部》引《杂五行书》:"宋武帝女

寿阳公主,人日卧于含章殿檐下,梅花落公主额上,成五出

花,拂之不去。……宫女奇其异,竞效之。今梅花妆是也。"

⑤ 个里:个中,此中。

⑥ 去国:离开京城。山谷于绍圣元年贬涪州别驾,黔州安置。

宜州是山谷的终老之地。从"去国十年"来推算,
此词当作于崇宁三年冬或四年春。宜州地处南陲,一个
来自江南的逐客,能在此见到熟悉的梅花绽放,其欣喜
自不待言。词的上片即抒写其在宜州见梅的惊喜,一个
"也"、一个"不道",生动地传达出那意外惊讶的感觉。
与"天涯"相联系的是蛮荒僻远等负面印象,而"也"字
却转出了一个美的天地。梅花犹如信使,它报告了春的
来临,更捎来了故乡的讯息,远谪天涯的心理距离一下
子消失,心灵感受到了莫大的慰藉。接写夜赏梅花,因
"风细"而幽香徐播,稍见怅然失意之态,"不道"则翻出
一个更壮美的境界,将惊喜推向了高潮。过片用了一个
梅花妆的典故,词意似有断裂。词人在此故隐其意,给
人留下了广阔的联想空间。典故说的是梅花对美人的

恋慕,那么此中是否也蕴含着词人往昔的情感经验呢?下片的后半转为深沉的感叹,表示自己平生好酒,这中间既有豪情逸兴,也有颓放自遣,但如今这颗"少年心"已被漫长的贬谪生涯消磨殆尽。"少年心"似是对梅花妆下的某种注脚,当然其含义不止于此。要之,这最后一叹将以上由梅花激发起的美好情感一并扫却,留下的是无尽遗憾。

这首词即景感怀,转折跌宕。上片由情绪的两度抑扬逐层推出惊喜之感,表现梅花带来的春天的喜悦和故乡的慰藉;过片转为对美好情事的追忆,绵邈深沉,最后直抒怨愤,具有强烈的震撼力。词由前半的深婉蕴藉转为最后的顿挫激越,勾画出了词人复杂的情感历程。

南 乡 子

重阳日宜州城楼宴集即席作①。

诸将说封侯,短笛长歌独倚楼②。万事尽随风雨去,休休③,戏马台南金络头④。

催酒莫迟留,酒味今秋似去秋⑤。花向老人头上笑,羞羞,白发簪花不解愁⑥。

① 王晣(或说佚名)《道山清话》载:"山谷之在宜也,其年乙酉,即崇宁四年也。重九日,登郡城之楼,听边人相语:'今岁当鏖战,取封侯。'因作小词云:(略。即本词,字句有不同。)倚栏高歌,若不能堪者。是月三十日,果不起。"

② "诸将"二句:以诸将之热衷功名与己之超然独处对比。唐赵嘏《长安秋望》:"残星几点雁横塞,长笛一声人倚楼。"人称"赵倚楼"。此化用其意境。

③ 休休:算了吧,完了。

④ 戏马台:见《定风波·次高左藏使君韵》注⑦。此谓即使像刘裕在戏马台欢宴重阳的盛会也一去不复返了。金络头:既切戏马,也呼应开头的诸将。

⑤ "酒味"句:《道山清话》作"酒似今秋胜去秋",以修辞及情趣言,似更胜。

⑥ "花向"三句:以拟人法写花调侃词人:偌大年纪还要簪花自娱,却又不能解愁。其实是借花自嘲。按《道山清话》末句作"人不羞花花自羞",如此就成了词人对花的调笑,盖

脱胎于苏轼："人老簪花不自羞，花应羞上老人头。"（《吉祥
寺赏牡丹》）苏、黄二人皆反用杜甫《九日》诗"苦遭白发不
相放，羞见黄花无数新"句意。

此词作于崇宁四年的重阳节，此后不久黄庭坚即告
别人世，因而这首作品可以看作他的绝笔。在严酷的政
治斗争中，他一贬再贬，备尝艰辛，在宜州竟至被禁止居
于城中。尽管如此，他仍将荣辱得失看作过眼云烟，表
达出超脱旷达的胸怀。词中写他面对热衷封侯显贵的
将官们，兀自独立，倚楼长歌，不仅将功名富贵觑若无
物，而且将一生的是非升沉付诸东流。词人还以美酒之
可爱对比功名之虚无，在开怀痛饮的同时，藉黄花调笑，
洋溢出达观幽默之趣。八年前的绍圣四年，山谷在黔州
写过一首《定风波》，也是咏重阳节的。比起那首词，这
首词在气概豪迈上就有逊于前作，却更多了几分颓放旷
达，这也是境遇使然。但在垂暮之年身处危难，能如此
豁达开朗，情趣盎然，已属难能可贵。